朝日文庫時代小説アンソロジー

家族

中島 要　坂井希久子　志川節子
田牧大和　藤原緋沙子　和田はつ子

朝日文庫

本書は文庫オリジナル・アンソロジーです。

目次

誰に似たのか　中島 要　7
小夜の月　坂井希久子　55
逃げ水　志川節子　105
須磨屋の白樫　田牧大和　153
雪よふれ　藤原緋沙子　209
春北風　和田はつ子　255

家族

誰に似たのか

中島　要

中島　要（なかじま・かなめ）
二〇〇八年に「素見（ひやかし）」で小説宝石新人賞を受賞。一〇年に『刀圭（とうけい）』でデビュー。一八年に「着物始末暦」シリーズで歴史時代作家クラブ賞を受賞。著書に『かりんとう侍』『うき世櫛』『御徒（おかち）の女』『酒が仇と思えども』『神奈川宿　雷屋（いかずちや）』、「大江戸少女カゲキ団」シリーズなど。

一

深川今川町にある平助店は、うんざりするほど蚊が多い。

特に盆が明けたばかりのこの時期は、始終うるさく飛び回る。

お秀はここに越してきた当初、身体中を蚊に食われてしまい、夜もおちおち寝られなかった。

この長屋に住んでいるのは、並みより安い店賃さえ滞るような人たちだもの。穴あき障子に破れ唐紙、壁もあちこち崩れていて、蚊帳すら持たない家もある。生き血を狙う向こうにすれば、願ってもない餌場でしょうよ。

とはいえ、人は慣れるものだ。平助店に住んで七年、お秀も蚊に刺される前に叩き潰せるようになった。

ここで育った娘のお美代は、親勝りの早業だ。蚊がとまったと察した刹那、力一杯引っ叩く。ついでに見ず知らずの男にとまった蚊まで進んで退治しようとして、母のお秀を慌てさせた。

男は口より手が早く、女は手よりも口が早い。

しかし、お美代は誰に似たのか、口と同じく手も早い。十一になったいまでは、女だてらに近所の子供らの親分株だ。今日も朝餉を食べ終えると、握り飯を懐に元気よく出ていった。

口うるさい兄さんのことだもの。男勝りのお美代を見たら、「おまえの育て方が悪いからだ」とケチをつけるに決まっている。急に押しかけてこられたのは迷惑だけど、あの子がいなくてよかったわ。

お秀は腹の中で呟いて、しきりと身じろぎする兄の太一郎をうかがった。

破れ畳の上で居心地悪そうにしている兄は、通油町に店を構える筆墨問屋、白井屋の四代目主人である。今日も大店の主人らしく黒の絽羽織を身にまとい、駕籠に乗って貧乏長屋にやってきた。

対するお秀は色の褪せた木綿の単衣で、髷もあちこち乱れている。顔だって兄は父親似の丸顔で、お秀は母親譲りのうりざね顔だ。通りすがりにこの場をのぞく人がいても、二人が実の兄妹とはわかるまい。

「見ての通りの貧乏暮らしで、こんなものしかありませんけど」

文句を言われる前に断って、お秀がぬるい麦湯を差し出す。

兄は不満げに眉を上げた。

「そんなものより、蚊やりを焚いてくれないか。この長屋に入ってすぐ、あちこち蚊に食われちまった。おまえはよくこんなところで平気な顔をしていられるね」

兄がそわそわと落ち着かないのは、やはり飛び交う蚊のせいか。お秀は団扇を手に取ると、形ばかり風を送って蚊を追い払うふりをした。

「すみません。あいにく、蚊やりを切らしていて」

「何だい、蚊やりも買えないくらい金に困っているのかい」

目を丸くして驚く相手に団扇をあおぐ手が止まる。この長屋と妹の姿を見れば、嫌でも察しがつくだろうに。

「ええ、ここで暮らし始めてから、米櫃が一杯になったことなんてありゃしません。兄さんはいつもいいものを食べていて、血がおいしいから狙われるのね。ここらにいる蚊にとっちゃ、めったにない御馳走ですよ」

笑みを浮かべて嫌みを言えば、とたんに兄が鼻白む。

「三十路になっても、おまえの減らず口は変わらないね。いまの貧乏暮らしは身から出た錆じゃないか」

「言われなくともわかっています。親の反対を押し切って、売れない浮世絵師だったあの人と一緒になったあたしだもの」

兄の言葉をさえぎるように、お秀がむきになって言い返した。

問屋は本来小売りをしないが、白井屋にはさまざまな種類の筆と墨が揃っており、僧侶や学者、戯作者に絵師などがよく出入りする。

お秀は店に出なくとも、馴染み客の顔は覚えるし、往来で行き会えば挨拶もする。結果、売れない浮世絵師の文吉と恋仲になってしまったのは、我ながら考えなしだった。


とはいえ、酔った亭主が川に落ち、ついでに命も落とさなければ、ここまで貧乏はしなかったろう。歩みのおぼつかないお美代を抱いて後を追わずにすんだのは、母のお清が父に隠れて助けてくれたおかげである。

兄さんなんて、あたしが困っているときは見て見ぬふりをしたくせに。おとっつぁんが死んだとたん、大きな顔をしちゃってさ。

そう思ったら腹が立ち、お秀はぶすりと問いかけた。

「それで、今日は一体何の用です。わざわざ蚊に食われるために、ここへ来たわけじゃないでしょう」

「まったく、おまえはかわいげってものがない。それが大川を越えて訪ねてきた兄に向かって言う台詞かい」

「こっちは来てくれなんて頼んじゃいません。とっくの昔に白井屋とは縁を切られたあたしだもの。それが証拠に、おとっつぁんの新盆にさえ呼ばれなかったじゃありませんか」

この春、二人の父である白井屋太兵衛が五十九で亡くなった。

四年前に兄に身代を譲り、長年連れ添った母と隠居暮らしを楽しんでから、倒れてひと月後に逝った。父にとっても、周りにとっても、まずは上々の死にざまだろう。

お秀は縁を切ったと言っても、たったひとりの実の娘だ。母の計らいで父の臨終に立ち会い、通夜と葬式も顔を出すことが許された。

しかし、初七日から先の法事には一度も声がかかっていない。兄の差し金だろうと文句を言えば、相手は気まずげに咳払いする。

「おまえとの縁切りはおとっつぁんが決めたことだ。おとっつぁんが死んだからって、なかったことにはできないだろう」

「縁を切ったと言ったって、勘当帳には記さない形ばかりのものじゃないの。親不孝をしたと思えばこそ、せめて位牌に手を合わせたいのに」

口では殊勝なことを言いながら、お秀の本音は違っていた。

父は娘に甘かったが、浮世絵師との仲だけは決して許してくれなかった。その反対を振り切って、家を飛び出して十二年。久しぶりに跨いだ実家の敷居は、思った以上に高かった。

奉公人の白い目に加え、お秀の昔を知る弔問客は「どの面下げて」と陰口を叩く。着物も損料屋で借りた安物のため、ひどく肩身が狭かった。またあんな思いはしたくないから、呼ばれないのは願ったりだ。

だが、手土産も持たずに来た客にそこまで教える義理はない。お秀は顎を突き出した。

「さあ、とっとと用件を言ってちょうだい。奉公人がいる兄さんと違って、あたしは忙しいんです」

亭主に先立たれてしまってから、お秀は仕立物をして細々と暮らしを立てている。裁縫が好きなわけではないが、縫うのは人より早かった。そこで袷を綿入れに縫い直したり、古着を仕立て直したりして、客から手間賃をもらっている。

この辺りの貧しい女たちは新しい着物なんて着られない。まれに反物が手に入っても、仕立ての粗い自分には仕事が回ってこないだろう。

それはさておき、早く帰ってもらわないとお美代が帰ってきてしまう。苛立ちを隠さない妹に兄が仏頂面で口を開く。

「ここに来たのは他でもない。おっかさんのことだ」

「おっかさんがどうしたんですか。具合が悪いんですか」

母は月に一、二度この長屋を訪れる。そして、ひとしきり兄家族の愚痴(ぐち)をこぼすと、土産と金を置いていく。先月の末にも会ったけれど、至って元気だったはず。五十五にしては足腰も達者で、駕籠を使わず歩いてくる。あと数年は死なないだろうと思っていたが、さてはどこか悪いのか。

いま母からの金がなくなれば、お美代を奉公に出さねばならない。うろたえるお秀の気も知らず、兄は忌々(いまいま)しげに舌打ちした。

「悪いのは具合じゃなくて、外聞(がいぶん)だよ。長年連れ添った亭主を亡くしたばかりなのに、年下の男に貢いでいるようだ」

「何ですって」

女遊びの激しかった父と違い、母は真面目一途な人だ。思いもよらない言葉に驚き、お秀の顎がダラリと下がる。

母が貢いでいる相手は、永代橋(えいたいばし)近くで屋台(やたい)の蕎麦屋(そばや)をしているらしい。四十絡みの男やもめで、お美代と同じくらいの娘がいるとか。

「恐らく、おまえのところへ来る途中で知り合ったに違いない。いい歳をして恥さらしもいいところだよ」

兄はひと月前、この話を商売敵(しょうばいがたき)のひとりから耳打ちされたという。

「『知らぬは身内ばかりなり』なんて、にやけ面で言われてさ。俺は顔から火が出るかと思ったよ。身なりのいい婆(ばあ)さんが屋台で蕎麦をすすっていたら、嫌でも人目に立つからね」

母は父が亡くなったいまも、ひとりで白井屋の離れに住んでいる。

通油町から永代橋まで屋台の蕎麦を食べに通えば、世間はとやかく言うだろう。下手をすれば、息子夫婦が老母を虐(しいた)げているように思われる。

世間体を気にする兄は「屋台通いをやめてくれ」と母に懇願(こんがん)したけれど、けんもほろろに断られたとか。

「亭主も死んで身軽になったいま、何をしようとこっちの勝手と開き直られてしまってね。そのしわ寄せがこっちに来ているのに、おっかさんときたら我が身のことしか考えちゃいない」

苛立ちもあらわに吐き捨てて、兄は麦湯をひと息に干す。

身代は四年前に継いでいても、白井屋の陰の主人は父だった。その大黒柱が消えたいま、兄は家内の醜聞を表沙汰にしたくないのだろう。

しかし、お秀は白井屋に縁を切られている。知ったことかとそっぽを向いた。

「屋台の蕎麦屋に通ったくらいで、邪推するほうがおかしいのよ。おっかさんは困っている人を放っておけない性分だもの。子連れの蕎麦屋に同情して、肩入れしているだけでしょう」

挙句、世間の口を鵜呑みにして、とやかく言うほうがどうかしている。お秀はじろりと兄を睨んだ。

「あたしも亭主を亡くしているから、おっかさんの気持ちはよくわかります。死んだ直後は葬式だ、弔問客への返礼だと忙しくって、ゆっくり泣いている暇もなかった。でも、そういうことが終わってしまうと、一気に寂しさが募るのよ」

見慣れた箪笥が身の回りから消えただけで、人は寂しさを覚えるものだ。まして連れ添った相手がいなくなれば、心にぽっかり穴が開く。その穴から亡き人の思い出が次から次にこぼれ落ち、止まらなくなってしまうのだ。

「おっかさんは人助けをしてその穴を埋めているだけなのに、年下の男に貢いでいると勝手に邪推するなんて。いやらしいったらありゃしない」

蔑みを込めて鼻を鳴らせば、兄の眉間にしわが寄る。すると、意外にも「そうだな」と呟いた。

「確かに、おまえが言う通りかもしれない。だが、このままにしておけば、蕎麦屋が妙な気を起こすだろう」

「妙な気って？」

「互いに連れ合いがいない男と女だ。おっかさんをその気にさせて、夫婦になられたら厄介だぞ」

「兄さん、馬鹿なことを言わないで。おっかさんの歳を考えてよ」

蕎麦屋は四十絡みというから、母より十以上若いだろう。お美代と同じくらいの娘もいるならなおのこと、お美代の祖母を口説くものか。

鼻先で笑い飛ばしてみたが、兄は真顔を崩さない。「そっちこそよく考えろ」と一段声を低くする。

「金が目当てで言い寄るやつに、相手の歳は関係ない。おっかさんにはおとっつぁんの残した金がある。その金そっくり巻き上げられたら、取り返しがつかないぞ」

兄が恐れていることを知り、お秀は思わず息を呑む。その不安が当たっていれば、自分がもらっている金だってこの先どうなるかわからない。

寂しい女は男のやさしさに弱いものだ。お秀だって亭主と死に別れてから、親切顔で言い寄る男に何度も流されそうになった。

だが、その都度母に止められて、独り身を通してきたのである。

──あの人と一緒になれないなら、死んだほうがマシ。一生一度の恋だって、あんたはあたしに言ったじゃないか。忘れ形見のお美代もいるのに、もう他の男に心を移したのかい。

娘にさんざん言った言葉を母は忘れてしまったのか。自分は夫を亡くしたとたん、若い男によろめくなんて。

おっかさんはいつまでもあたしを子供扱いするけれど、亭主と死に別れたのは、あたしのほうが先だもの。女やもめの先達(せんだつ)として釘を刺しておくべきね。

お秀は兄にうなずいた。

「それで、あたしにどうしろって言うの」

「おっかさんは昔からおまえに甘い。俺は駄目でも、おまえの言うことなら聞く耳を持つだろう」

「つまり、あたしからその蕎麦屋に近づくなって言えばいいのね」

妹の念押しに、今度は兄が大きくうなずく。兄妹のこういうやり取りは一体何年ぶりだろう。

そういえば、兄さんは子供の頃からおっかさんに逆らえなかったわ。言いにくいことはすべて妹のあたしに言わせていたっけ。

白井屋の主人となったいまもそこは変わっていないようだ。

大店の主人らしいのは恰好(かっこう)だけかと、お秀はひそかに苦笑した。

二

「それで、あんたは言われるがまま、縁を切った実家にのこのこ顔を出したのかい。呆れて物も言えないよ」

翌七月二十三日の四ツ半（午前十一時）過ぎ、お秀はさっそく白井屋の離れを訪れた。目を丸くして驚く母に足を運んだ理由(わけ)を言えば、たちまち顔をしかめられる。

「まったく、太一郎も何を考えているんだろう。自分はすぐそばの母屋にいながら、大川の向こうに住む妹を引っ張り出すなんて。あの子は昔から頼りないところがあったけど、あたしは子育てをしくじったよ」

言葉の中身もさることながら、怒りもあらわな語気の荒さに、お秀はびっくりしてしまう。母がここまで機嫌を損ねているとは思わなかった。

道理で兄さんがあたしを担ぎ出したわけだ。おっかさんはおとなしそうな見た目によらず、いつまでも根に持つ人だもの。

江戸っ子は短気ですぐに怒る分、機嫌を直すのも早いと言われる。だが、自分たちの母は違う。とっくの昔に終わったことをいつまでもしつこく言い募るのだ。

あたしが子供の頃に墨で晴れ着を汚したことや、高価な壺を割ったことまで、いまだに口にするんだもの。おかげでお美代を叱るとき、やりにくいったらありゃしない。

お秀が母に似ているせいか、娘も母の面立ちを受け継いでいる。兄夫婦に娘がいないことも手伝って、母は人一倍お美代をかわいがっていた。

おまけに、お秀の幼い頃を引き合いに出し、「それに比べて、お美代はすごい」と持ち上げる。結果、娘は思い上がって生意気を言うようになった。

――おっかさんだって、高価な壺を落として割ったことがあるんでしょう。安い湯呑を割ったくらいで怒らなくともいいじゃない。

――だったら、おばあちゃんに買ってもらう。おばあちゃんなら、あたしの頼みを聞いてくれるもの。

もちろん、十一の娘と言い争い、後れを取るようなお秀ではない。お美代をとことん言い負かし、最後は必ず「ごめんなさい」と言わせている。とはいえ、本人がどこまで反省しているか、怪しいものだと思っていた。

それはさておき、母とこの話を続ければ、藪から大蛇が出てきそうだ。

できれば日を改めて話したいが、父は五十九で亡くなった。目の前の母だっていつぽっくり逝くかわからない。

ここはおっかさんを説得して、兄さんに恩を売らなくちゃ。でないと、いざというときに頼る相手がいなくなるわ。

いまのままでは母の死後、本当に縁が切れてしまう。お美代は白井屋の主人の姪として嫁に出してやりたいのだ。

お秀は素早く腹をくくり、説得を続けることにした。

「そんなふうに言ったら、兄さんが気の毒よ。兄さんはおっかさんのことを案じて、屋台通いをやめろと言ったのに」

「この歳になって、息子の指図は受けないよ。老い先短い身の上だもの。何をしようと勝手じゃないか」

「でも、おっかさんは長く白井屋の御新造だったもの。そんな人がたびたび屋台の蕎麦を食べていれば、何事かと思われて当然よ」

白井屋の評判に関わると言えば、にわかに母の口が止まる。お秀はここぞと身を乗り出し、母の顔をのぞき込んだ。

「おっかさんは男やもめの主人に同情して、足しげく通っているだけでしょう。あたしは実の娘だから、ちゃんとわかっていますとも。でも、口さがない人たちはとかく邪推をするものよ」

母をその気にさせるには、まず「おっかさんの気持ちはわかる」と寄り添ってみせることが肝心だ。兄は他人から聞いたことをまくし立て、母の逆鱗に触れたのだろう。

「おっかさんは歳より若く見えるし、おとっつぁんが残してくれたお金もある。このまま通い続ければ、屋台の主人がおっかさんの金を目当てに言い寄ってくるかもしれないわ」

次いで「若く見える」とおだてておいて、本題を口にする。すると、母のこめかみに青筋が立ち、お秀は慌てて言い添えた。

「もちろん、おっかさんのことだもの。口先だけの甘い言葉に乗せられたりしないと思うわ。でも、蕎麦屋の主人の娘はお美代と歳が変わらないんでしょう。その子に情が移ったら、見捨てられなくなるんじゃない？」

「…………」

「いまのままではおとっつぁんもおっかさんが心配で、きっと成仏できないわ。ここはおとなしく兄さんの言葉に従うべきよ。ほら、『老いては子に従え』って昔から言うでしょう」

母はぐうの音も出ないのか、黙って話を聞いている。お秀が「勝負あった」と思っていたら、ややして母に睨まれた。

「あんたは惚れた亭主と死に別れ、人並み以上の苦労をしたから大人になったと思ったのに。肝心要の根っこのところは太一郎とまるで変わりゃしない。子供の頃とおんなじだよ」

見損なったと言い放たれて、お秀の頭に血が上る。

こっちは亭主に死なれて七年、女の細腕一本でひとり娘を育ててきた。長年大店の御新造だった母よりも、はるかに苦労をしているのだ。「子供の頃とおんなじだ」なんて、そっちの目こそ節穴だろう。

そりゃ、望んで家を飛び出したのはあたしだけど、おっかさんはやぶ蚊だらけの裏長屋で暮らしたことも、自分でお金を稼いだこともないじゃないの。いくら母親だからって、いつまでもえらそうに言わないで。

そう言い返そうとした瞬間、母は歪んだ笑みを浮かべた。

「そもそも、あたしはうちの人の成仏なんて望んじゃいない。いっそ、地獄に堕ちて苦しめばいいと思っているくらいだよ」

「えっ」

罰当たりな言葉を耳にして、お秀の怒りが引っ込んだ。「地獄に堕ちて苦しめばいい」なんて、長年連れ添った夫に言う台詞ではない。

おっかさんたちは見合いで一緒になったけど、仲は悪くなかったはずよ。おとっつぁんの最期だって、涙を流して「お疲れ様でした」と労（ねぎら）っていたじゃないの。

父はやり手の商人だったが、女癖が悪かった。

それでも、隠居したときに妾（めかけ）とは手を切っている。亡くなるまでの四年間は二人で物見遊山に出かけ、仲良くやっていたと聞く。母も父の罪滅ぼしを受け入れて、これまでの恨みつらみを水に流したのではなかったか。

お秀だって若くして死んだ亭主を恨んだことは何度もある。

だが、さすがに「地獄に堕ちて苦しめばいい」とは思わない。さんざん苦労はしたけれど、とことん惚れた人だから。

「……一体、おとっつぁんは何をしたの？」

恐る恐る尋ねれば、母は目を伏せて語り出した。「あの人は最後の最後まで、あたしに嘘をついていた」と。

父の嘘がばれたきっかけは、兄の妻のお真紀だった。「夫が隠れて女と会っている」と涙ながらに告げられて、母は兄を問い詰めたという。

「あたしの姑は自分の息子がどれだけ女遊びをしても、見て見ぬふりを決め込んでいた。下手に相談なんてしようものなら、『お清さんが至らないから、よそに女を作るんです』と、こっちが責められる始末でね。こと女遊びに関しては、嫁の味方をしてやろうと心に決めていたんだよ」

そう鼻息荒く語るわりに、母と義姉の折り合いは悪い。互いに互いの悪口を陰でこそこそ言い合っている。

そんな二人も亭主の浮気に関しては心をひとつにするらしい。お秀は無言でうなずいて話の続きを促した。

「あの人の四十九日も過ぎて、いろいろ落ち着いてきたところだった。太一郎も名実ともに白井屋の四代目になったんだもの。妾を持つなとは言わないが、妻であるお真紀さんを蔑ろにするんじゃないと叱ったら、あの子がいきなりあたしに頭を下げたんだよ。妻に隠れて会っていたのは、おとっつぁんが囲っていた女です、俺の妾じゃありませんってね」

父の女好きは、死ぬまで治らなかったようだ。

隠居後に料理屋で仲居をしていた二十過ぎの娘を見初め、内緒で囲っていたらしい。兄は父が倒れてから妾がいると打ち明けられて、ひそかに手切れ金を渡したとか。

「それで縁が切れたはずなのに、その女が性懲りもなく太一郎に言い寄ってきたんだよ。手切れ金をもらっても、それだけで一生暮らせるわけじゃないからね」

「何よ、それ。冗談じゃないわっ」

自分より若い女が父と兄を誑かし、金を巻き上げるなんて許せない。お秀が声を荒らげると、母も我が意を得たりとうなずいた。

「ああ、あたしもそう思った。だから、その女の住まいを聞き出して、自ら乗り込んでやったのさ。いくら浮気が男の甲斐性でも、父子で同じ女を囲うのは人の道にもとるってね」

たちまち、母と若い妾が向かい合う姿が思い浮かび、お秀はごくりと唾を呑む。この母に本気で凄まれたら、仲居上がりの小娘なんてひとたまりもなかっただろう。

「そんなわけで性悪女を追い払い、太一郎には詫びを言われた。お真紀さんからは礼を言われて、これにて一件落着――と思いたかったんだけどねぇ。じわじわと腹が立ってきたんだよ」

夫は若い妾がいることを妻には最後まで告げなかった。

息子は父の裏切りを知りながら、母である自分に教えなかった。お真紀が誤解しなければ、一生黙っていたに違いない。

「太一郎に言わせると、それは思いやりなんだとさ。あたしが傷つくと思ったから、おとっつぁんも俺も黙っていたと言われたときは、開いた口が塞がらなかった。あたしが傷つくとわかっているなら、若い女を囲わなければいいじゃないか。さんざん好き勝手をしておいて、よくも恩着せがましい口を叩けたもんだ」

根深い怒りの理由を知り、お秀は二の句が継げなくなる。

男と女の理屈はしばしば嚙み合わないけれど、父も罪作りなことをしたものだ。

「以来、離れにひとりでいるのも気が塞いでね。ふらふら出歩いているうちに、気が付けば永代橋を渡っていた。すると、橋のたもとにお美代がいたのさ」

笑顔で駆け寄ってきたかわいい孫から「平助店に行くのか」と尋ねられ、黙って首を左右に振る。すると、「だったら、お民(たみ)ちゃんの蕎麦を食べに行こう」と、近くの屋台に連れていかれた。

「お民ちゃんのおとっつぁん、杉次郎(すぎじろう)さんは元お武家でね。お民ちゃんのおっかさんは貧乏を嫌い、我が子を捨てて男と逃げたって言うんだよ。あたしはそれを聞いたとたん、何だかたまらなくなってしまってさ」

女を裏切る男がいれば、男を裏切る女もいる。

だが、たったひとりの連れ合いに裏切られた胸の痛みに男女の別はないだろう。母はそう思い込み、杉次郎の屋台に通うようになったそうだ。

「だから、太一郎はとやかく言える筋合いじゃない。杉次郎さんと知り合っていなければ、あたしは世をはかなんでいたかもしれないよ」

最後に縁起でもないことをさらりと言い、母はようやく口を閉じる。

一方、お秀は冷や汗をかいていた。

父の裏切りに怒り狂っている母は、同じ身の上の屋台の主人と自分を重ねてしまっている。杉次郎が口説くまでもなく、勝手に貢いでいるようだ。

おまけに、お美代が二人を引き合わせたなんて兄に知られるわけにはいかない。何としても屋台通いをやめさせようと、お秀は母の手を取った。

「おっかさんがそんな目に遭っていたなんて、あたしはちっとも知らなかったわ。どうして、打ち明けてくれなかったの」

「こんな情けない話、娘に聞かせられるもんか」

気の強い母は人に弱みを見せたがらない。お秀は母の手を握る手に力を込めた。

「おっかさんが杉次郎さん父子に肩入れする気持ちはよくわかる。それでも、あたしはその屋台から離れたほうがいいと思うわ」

「どうしてだい」

「お民ちゃんはまだおっかさんが恋しい年頃だし、杉次郎さんにも再縁話はあるはずよ。おっかさんとの噂が広まれば、まとまる話もまとまらないわ」

こう言えば、母だって首を縦に振るはずだ。お秀は自信があったのだが、なぜか首を横に振られる。

「それはいらぬ気遣いだよ。杉次郎さんは女なんてこりごりだと言っているし、お民ちゃんはあたしになついているから」

「えっ」

「お美代もお民ちゃんと仲が良くてね。二人ともあたしの大事な孫だと言ったら、大喜びしていたよ」

さっきまでの不機嫌はどこへやら、母はにこにこと笑み崩れる。お秀は冷や汗だけでなく、何だかめまいもしてきてしまった。

「で、でも、おっかさんだって年下の男に貢いでいると噂されるのは嫌でしょう」

「この歳になったら、世間の口なんて怖くないよ。親に言われて好きでもない男と一緒になり、長らく耐え忍んできたあたしだもの。杉次郎さんとの噂なら、浮名もうけと言うもんさ」

　そう言う母の表情はいままでになく艶めいていた。

三

　白井屋からの帰り道、お秀の口からはため息しか出なかった。おまけに、当てにしてはるばる出向いてきたというのに、母を説得できなかった。当てにしていた金も手に入らなかったのだ。

　お美代が生まれてから、母と顔を合わせて手ぶらで別れるのは初めてだ。お秀は離れを立ち去るとき、「おっかさん、何か忘れていない？」と問いかけそうになったけれど、寸前で思いとどまった。

　あたしにだって意地がある。向こうがくれるというならともかく、こっちから強請るなんてできないわ。

　かつて文吉との仲を反対したのは、父だけではない。母だって孫が生まれるまで、お秀の住まいを訪れようとはしなかった。いまは世話になっていても、かつてのいざこざを忘れてしまったわけではない。

しかし、母の助けを借りないで、これからやっていけるだろうか。仕立て仕事は毎月決まった手間賃を得られるという保証がない。いまだって正直ぎりぎりなのだ。仕事がもっと増えないと、すぐに食い詰めてしまうだろう。

かくなる上はお美代を味方に引き入れて、「もう屋台に通わないで」と言わせるしかなさそうだ。

いままで娘の再縁話を邪魔してきた母である。今度は自分が邪魔されたって文句を言える筋合いではない。

お美代だっておっかさんのお金があるから、遊んでいられるんだもの。こっちの懐具合を知れば、なりふり構わず口説き落としてくれるはずよ。おっかさんは孫に甘いから、きっと嫌とは言わないわ。

そんな見通しが立ったとたん、踏み出す足が軽くなる。

それでも、日本橋から深川までの道のりは遠かった。母はあの歳でよく歩けるものだと感心する。

お秀が汗を拭きながら平助店の木戸をくぐったとき、お天道様は半分くらい西に傾いていた。我が家の腰高障子を開ければ、お美代が「お帰りなさい」と飛んでくる。

「おっかさん、今晩のお菜(かず)は何なの」

期待に満ちた目を向けられて、たちまち苦い気分になった。今朝、「白井屋に行く」と教えたので、いつもより豪華な夕餉になると楽しみにしていたらしい。

「佃煮と菜っ葉のおつけだよ」

「それじゃいつもと一緒じゃないか。今日はおばあちゃんのところに行ったんじゃなかったの」

　母と会うたびに金をもらっていることは、お美代だって知っている。ふくれっ面になった娘は聞えよがしに文句を言う。

「今夜は鰻だと思っていたのに」

「子供のくせに贅沢を言いなさんな。うちは貧乏なんだからね」

ぴしゃりと言い返したものの、お秀は自分が情けなかった。

　去年の夏、お美代は母が持参した鰻を大喜びで食べていた。自分は娘の好物を買ってやることさえできない。

　しかし、今日手ぶらになった一因はお美代にもある。お秀はこの場で詳しく問い質すことにした。

「お美代、あんたはおっかさんに隠していることがあるだろう」

「え、何のこと？」

「永代橋の蕎麦屋の屋台におばあちゃんを連れていったんだってね。おばあちゃんはそこが気に入って、足しげく通っているそうじゃないか」

お美代が握り飯を持って遊びに行くのは、お秀の針仕事の邪魔をしないためだ。毎日日暮れ前に帰ってくると、その日にあったことを話してくれる。母の話に出てきた「お民ちゃん」の名にも聞き覚えがあった。

だが、母を屋台に連れていったことは一度だって聞いていない。お秀がじろりと睨みつけると、お美代は一人前に眉をひそめた。そして、「誰から聞いたの」と問い返す。

「おばあちゃんだよ」

もったいぶらずに教えれば、お美代が口を尖らせた。

「おっかさんには内緒だよって、おばあちゃんが言ったくせに」

聞き捨てならない娘の言葉に、今度はお秀が眉をひそめる。

「お美代、それは本当かい」

「うん、あたしはよくお民ちゃんの屋台へ遊びに行くから。おばあちゃんとは何遍も会ってんだ」

もう隠さなくていいと思ったのか、お美代はあっさり白状する。お秀の声が低くなった。

「……あんたがおばあちゃんを最初に連れていったのは、いつのことだい」

「五月の初めくらいかな」

では、およそ三月の間、母と娘は手を組んで自分をのけ者にしていたのか。まったく、油断も隙も無いと、お秀はお美代の前に手を出した。

「だったら、おばあちゃんから内緒でもらった小遣いがあるだろう。それを全部出しなさい」

母が猫かわいがりしている孫に会い、小遣いをやらないはずがない。口止め料も含まれているはずだから、それなりの額になるはずだ。

じっと目を見て命じれば、お美代がオロオロとうろたえる。

「あ、あたしは小遣いなんてもらってないよ」

「小遣いのことも内緒にしろって、おばあちゃんに言われたんだね。でも、あんたの母親はこのあたしだよ。おっかさんの言うことが聞けないのかい」

「…………」

「嘘をついちゃいけないって、おっかさんはお美代に教えただろう。それでも、もらっていないと言い張るのかい。あとで嘘だとばれたら、承知しないよ」

目を吊り上げて脅かすと、お美代の目に涙が浮かぶ。そして、悔しそうにお秀を睨み返した。

「だって、あたしはかわいそうだっておばあちゃんが言ったんだ。おっかさんが死んだおとっつぁんと一緒になったばっかりに、貧乏暮らしをさせられて……本当なら、白井屋の孫娘としてもっといい暮らしができたって」

「お美代、それは」

「おっかさんはあたしくらいの頃、きれいな着物を着て、毎日御馳走を食べていたんでしょう。それなのに、あたしはいつもめざしか佃煮ばっかり。おばあちゃんはそんなあたしがかわいそうで、内緒で小遣いをくれたんだもの。どうして、おっかさんに渡さないといけないのさ」

まさか、十一の娘の口からこんな言葉が飛び出すとは。お秀は一瞬耳を疑い、次いで頭の中が真っ白になる。

母がいろいろ吹き込んでいることは知っていた。だが、十一の孫娘にこんなことまで言っているとは思わなかった。

「おっかさんが親に逆らわなければ、あたしが片親になることもなかったんでしょう。だから、だから……」

腹立ちまぎれにしゃべるうち、自分が何を言いたいのかわからなくなってきたのだろう。お美代は下唇を嚙み、じっと涙をこらえている。そのいまにも泣き出しそうな表情がかつての自分と重なった。

そうだ、あたしはおっかさんからよくおとっつぁんの愚痴を聞かされたっけ。「いくら稼ぎがよくたって、女を泣かせるような男は駄目だ」「仲人口に騙された」と、しつこく言われていたんだわ。

子供は大人の言うことを鵜呑みにする。

まして、母親の言うことは絶対だ。

だから、父の眼鏡にかなった人と一緒になるのは嫌だった。嫁ぎ先がいくら裕福でも、好きでもない男と一緒になり、一生夫の女遊びに悩まされるなんて真っ平だ。

だから、浮世絵師でありながら、奥手で真面目な文吉に思いを寄せた。ちょっと見はいいけれど、よく見ればそれほどでもないし、稼ぎも悪いとわかっていた。

それでも、一心不乱に絵を描く姿は息を吞むほど素敵に見えた。「一生大事にする」と言われて、この人についていこうと決心した。

きっと、おっかさんは二十年も前に娘に言ったことなんて、きれいに忘れているんだろうね。あたしだっていまのいままで忘れていたもの。

かつての自分を思い出し、お秀の顔に苦笑が浮かぶ。

母の娘に生まれて三十年、いまでは自分も母親だ。

子供の頃は、親は何でも知っていると思っていた。

しかし、自分も親になり、「そんなことはない」と思い知った。

大人は物を知っているから、子供に威張るわけではない。かつて大人に威張られたから、大人になると威張るのだ。

お秀はそう思い至り、かつての自分とよく似た娘の頬に触れる。

「そりゃ、悪かったねぇ。あたしは文吉さんと一緒になって、あんたが生まれてよかったと思っていたのに」

あえてからかうような口調で言えば、とたんにお美代の目が泳ぐ。そして、気まずそうに目を伏せた。

「あ、あたしだって、おっかさんが嫌ってわけじゃ……でも、おじいちゃんが選んだ人と一緒になれば、もっといい暮らしができたって」

「ああ、それはそうだろうね。その代わり、お美代はこの世にいなかったよ」

「えっ」

何気ない調子で付け加えると、お美代が勢いよく顔を上げる。こういうところは素直だと、お秀はほほえましくなった。

「だって、あんたはおっかさんと文吉さんの子だもの。おとっつぁんが違えば、生まれる子だって違うだろう」

「で、でも、あたしはおっかさんの子供でしょう」

うろたえるお美代は実の父の文吉をほとんど覚えていない。母ひとり子ひとりで育ったから、父親が誰であろうと関係ないと思ったのか。

「それに、おばあちゃんだって……」

「おばあちゃんにしてみれば、亭主は誰であれ、あたしが産んだ子はすべて自分の孫だもの。あんたとは立場が違うよ」

もちろん、母はそんなつもりで言ったわけではないだろう。

だが、裏を返せば、そういうことだ。お美代はすっかりしょげてしまった。

「そもそも、お金があれば幸せってわけじゃない。その証拠に、おばあちゃんは幸せそうに見えるかい」

「……ううん」

お秀の問いかけに、お美代は首を横に振る。こんな子供の目にもやっぱりそう見えるのか。

「あんたはこの町内に住む子たちの親分株で、一日中遊んでいるだろう。でも、大店のお嬢さんはそういうわけにもいかない。いろんな習い事をさせられて、女らしくしないと怒られるんだ」

「おっかさんもそうだったの」

「ああ、そうだよ。人前で走ったりしたら、おばあちゃんに叱られたんだから。女の子がはしたないってね」

お美代は甘い祖母しか知らない。お秀が肩をすくめれば、びっくりしたような顔をした。

「あたしはあんたがいるだけで、貧しくとも幸せだよ。好きで一緒になった文吉さんの大事な忘れ形見だもの。だけど、お美代は違うようだね」

「そ、そんなことない。あたしだって、おっかさんがいればそれでいいっ」

大きな声でそう言って、お美代は勢いよく立ち上がる。そして、壁の穴に手を入れて、汚れた巾着を取りだした。

「これ、おばあちゃんからもらった小遣い……」

「他にはないね」

念のために尋ねれば、お美代がうなずく。

受け取って中を検(あらた)めると、一朱銀が十枚も入っていた。四朱で一分に当たるから、締めて二分二朱ということだ。銭に直せば、二千文を超えている。

子供にやる小遣いは十文かそこらが相場だが、母はかさばる銅銭をたくさん持ち歩く人ではない。うるさい娘に内緒なら多めにあげても構うまいと、一朱銀を渡していたのだろう。お秀は心底呆れてしまった。

思わずため息をつけば、お美代が必死に言い訳する。

「おっかさんに内緒にしたのは悪かったけど、あたしはもらった小遣いを一文も使っていないからね」

「おや、そうなの。これだけあれば、鰻だって腹一杯食べられたのに」

「だって、お民ちゃんのおとっつぁんが……子供が大きなお金を使ったら、悪い大人に狙われるって。それに鰻は匂いがつくから、おっかさんにばれると思って」

「なるほどねぇ」

妙な知恵が回るくせに、変なところが抜けている。この子はやっぱりあたしの子だと、お秀は笑った。

「お美代のおかげで思わぬお金も手に入った。夕餉は外で食べようか」

「うん、あたしは鰻がいい」

いま泣いたカラスがもう笑う。笑顔になったお美代を見て、お秀は「なに言ってんだい」と鼻で笑った。

「嘘つき娘には屋台の蕎麦で十分だよ。お美代、道案内は頼んだからね」

四

大きな橋の周りには、多くの屋台が立ち並ぶ。

特に北新堀町（きたしんぼりちょう）と佐賀町（さがちょう）を結ぶ永代橋はいつも人通りが絶えない。橋の左右のたもとに屋台がひしめき合うさまは、さながら縁日の境内だ。お秀はふくれっ面のお美代に手を引かれながら、辺りの様子に目をやった。

もうじき暮れ六ツ（午後六時）の鐘が鳴る。

女子供はすでに家に帰り、仕事帰りの男たちは脇目も振らずに先を急ぐ。ちょっと一杯という連中は落ち着いて酒を飲みたいのか、立ち飲みの屋台にはあまり足を向けないらしい。どこも人影はまばらだった。

「お民ちゃん、今日はおっかさんを連れてきたよ。おじさん、かけ二つ」

「お美代ちゃん、いらっしゃい」

大きなお美代の声に応えて、屋台の前にいた娘が振り返る。ここが件（くだん）の蕎麦屋かと、お秀はお民にほほえみかけた。

「お民ちゃん、初めまして。美代の母の秀と言います。うちの娘と仲良くしてくれてありがとう」

「とんでもない。お美代ちゃんにはあたしのほうが助（す）けてもらっているんです」

「そう言ってもらえるのはうれしいけれど、とても信じられないねぇ。女だてらにガキ大将を気取っているから、お民ちゃんは迷惑しているんじゃないのかい」

「いいえ、お美代ちゃんがいるから、ここらの女の子は悪ガキ連にいじめられずにすむんです」

川向こうに沈む赤い夕日を浴びながら、お民が首を横に振る。そして、うらやましそうにお美代を見た。

「お美代ちゃんはいいなぁ。きれいなおっかさんがいて」

「そう言うお民ちゃんには、やさしいおとっつぁんがいるじゃない。うちのおっかさんは見た目と違って、すごくおっかないんだから」

内緒で貯め込んだ小遣いを取り上げられた上、今日の夕餉が屋台の蕎麦になったことを根に持っているらしい。お秀は目の前で親の悪口を言う娘の背を叩いた。

「人様に馬鹿な告げ口をするんじゃないよ。あたしがおっかないのは、あんたが隠し事なんてするからだろう」

横目でじろりと睨みつければ、お美代は決まり悪げに目をそらす。すると、屋台の奥から背の高い男が顔を出した。

「そいつは叱られたって仕方がないな。俺だってお民が隠し事をすれば、尻を叩いて白状させるぞ」

苦笑混じりに男はお美代を窘(たしな)めると、お秀に向かって頭を下げた。

「お美代ちゃんには親子で世話になってます。手前は杉次郎と申しまして、見ての通りのおんぼろ屋台の親爺でさ」

「こちらこそ、母と娘がお世話になっているのに、ご挨拶が遅れてすみません。あたしは拙(つたな)いながら、仕立物を生業(なりわい)にしていましてね。もし仕立て直しがありましたら、お声をかけてくださいな。お世話になっているお礼に勉強させてもらいます」

お秀は慌てて下げた頭を上げてから、相手の顔を見て驚いた。

母より一回りほど若くとも、所詮は屋台の主人である。元は武家だと気取ったところで、冴えない男に違いないと勝手に思い込んでいた。

ところが、目の前の杉次郎は苦み走ったいい男だ。もう少し顔の造りが大きければ、芝居の色悪だって務まりそうな見た目をしている。これなら母がひと目見て、惚れ込むのも無理はない。

こんなにいい男でも、貧の苦労で女房に逃げられてしまうのね。

白井屋のおとっつぁんは団子に目鼻をつけたような顔立ちだったけど、お金だけはあったもの。そのせいで女が途切れなくて、おっかさんは苦労したのよね。

男は甲斐性、女は見た目がものを言う。

初対面の挨拶が終わると、杉次郎は手早く蕎麦を作り始める。そして、あっという間に湯気の立つ丼を差し出した。

「どうぞ。熱いので、お気を付けて」

「あら、いい匂い。いただきます」

お秀はさっそく蕎麦をすすり、さりげなく周囲の様子を確かめた。

自分たちの他に客はない。子供二人を遠ざければ、この場で外聞を憚(はばか)る話だってできそうだ。

お美代の口からおっかさんに「屋台通いをやめて」と言わせるつもりだったけど、さっきの調子じゃ、タダであたしの頼みを聞いてくれるかわからないわ。ここは色男のご主人から「もう来るな」と言ってもらえないかしら。

目当ての杉次郎に拒絶されてしまったら、気位の高い母のことだ、ここには二度と近づくまい。

しかし、杉次郎にしてみれば、母は飛び切りの上客だろう。こちらの頼みをすんなりと聞き入れるとは思えない。

さて、どうしようと悩んでいる間に、お美代が食べ終わってしまう。お秀が慌てて残りの蕎麦をすすっていると、杉次郎がお民に銭を握らせた。

「木戸番小屋に行って、お美代ちゃんと菓子でも買ってこい。じきに日が暮れるから、足元には気を付けろよ」

「おとっつぁん、ありがとう。お美代ちゃん、よかったね」

「うん。おっかさん、あたしもお民ちゃんと行っていい？」

さっきの説教が効いたのか、上目遣いのお美代からおうかがいを立てられる。お秀は笑ってうなずいた。

「ああ、いいよ。ほら、お民ちゃんのおとっつぁんにお礼を言わないと」

「あ、そうだ。おじさん、ありがとう」

「ああ、二人とも気を付けて行くんだぞ」

「はあい」

二人は楽しげに声を揃え、手をつないで走り出す。お秀は遠ざかる後ろ姿を見送って、丼の汁を飲み干した。

「ああ、おいしかった。どうもごちそうさまでした」

「そいつはよかった。白井屋のお嬢さんの口に合うなら、手前の蕎麦も捨てたもんでもないようだ」

からの丼を受け取って、杉次郎が色悪にふさわしい笑みを浮かべる。お秀は「あら、ご謙遜」と笑い返した。

「蕎麦がおいしくなかったら、母がこちらに通い詰めたりしませんよ」

「やっぱり、そのことで来たんですか。でしたら、安心してください。今度お見えになったときに、もう来ないようにお願いします」

まさか、こちらが言い出す前に、申し出られるとは思わなかった。予想外の成り行きに驚いてお秀は目をしばたたく。杉次郎は訳知り顔でうなずいた。

「身なりのいい年寄りが三月も屋台の蕎麦を食べに通えば、おのずと噂になりますから。こっちはケチな屋台の主人だ。下世話な噂を立てられたって痛くもかゆくもありません。だが、ご隠居さんは違うでしょう」

では、母の立場を慮って遠ざかろうとしているのか。お秀は思わず聞いてしまった。

「あの、杉次郎さんはそれでもいいんですか」

蕎麦は一杯十六文だが、気前のいい母のことだ。毎度「おいしいものを食べさせてもらったから」と、心づけを渡していたに決まっている。それがなくなってしまったら、商いの痛手にならないか。

すると、杉次郎はにわかに表情を引き締めた。

「むしろ、過分な心づけや土産をもらうのがしんどくてね。何より、娘を憐れまれるのがつらいんですよ」

――お民ちゃんはおとっつぁんの手伝いをして、本当にえらいわね。

――女の子に母親がいないのはかわいそうよ。年頃になれば、男親には言いにくいこともできるから。

――世が世なら、お民ちゃんはお武家のお嬢様なのにねぇ。

相手に悪気がないのはわかっていても、そういうことを言われるたびに杉次郎は胃の腑が痛むという。甲斐性のない自分のせいで、娘が苦労していると思い知らされてしまうから。

「手前は貧乏だが、それを恥じてはおりません。父子でまっとうに働いて、暮らしていければ十分だ。でも、お金持ちのご隠居さんには貧乏人の意地ってやつが通じねぇみたいでね」

身に覚えがありすぎて、お秀は大きくうなずいた。

「うちの母はいい歳をして、世間知らずなんですよ。お美代にもさんざん余計なことを吹き込んで……あたしも親切ごかしの憐れみなんて真っ平です」

自分は母のようになるのが嫌で、文吉の手を取った。いくら暮らしが苦しくとも、母の金を当てにするべきではなかったのだ。

気持ちも新たに力んで言えば、杉次郎の肩から力が抜けた。

「お美代ちゃんのおっかさんにそう言ってもらえて助かりました。これからも、お民のことをよろしく頼みます」

「いえ、そんな……。お美代は元気だけが取り柄の跳ねっ返りです。お民ちゃんに迷惑をかけることもあると思いますけれど、どうか見捨てないでやってくださいまし」

またもや杉次郎に頭を下げられ、お秀も慌てて頭を下げた。

「まったく、ここのやぶ蚊はどうなってんだい。彼岸はとっくに過ぎたのに、ちっともいなくならないじゃないか」

今日も平助店に来た母は季節外れの団扇をあおぎ、寄ってくる蚊を追い払う。お秀は針を持つ手を動かしながら言い返した。

「おっかさん、こっちに風が来るからやめてちょうだい」

「だったら、この蚊を何とかしとくれよ」

「いますぐは無理ね。あとひと月もすれば、いなくなるわ」

平助店では九月になっても蚊がいるが、さすがに恵比寿講(えびすこう)までにはいなくなる。「その頃にまた来れば」と言ったとたん、母はしわの寄った目尻を吊り上げた。

「それじゃ、あんたはあとひと月もここには来るなと言うんだね。なんて薄情な娘だろう」

「はいはい、すみませんね」

おざなりに詫びを言う間も、お秀はひたすら針を動かす。思いきって手間賃を下げたところ、予想以上に仕事が増えた。おかげで休む暇はないけれど、手取りが増えたので苦にならない。

母はそんな娘の事情を知りながら、何かと仕事の邪魔をする。ここはきちんと話を聞いて、さっさと白井屋に帰ってもらおう。

お秀は縫い直し中の着物を脇に置き、顔を上げて母を見た。

「それで、今日は何の用よ。兄さんが浮気でもしたの？　それとも、お真紀さんがまた着物を誂(あつら)えたのかしら」

「どっちも違うよ。孫の一之助(いちのすけ)が仮病を使って、手習いをずる休みしようとしたんだよ。青物屋の勘太(かんた)にいじめられるから行きたくないって」

「あらまあ」

「まったく、男のくせに情けない。お真紀さんもお真紀さんだよ。息子がいじめられていることに気付かないなんて、それでも母親なのかねぇ」

一之助は兄の長男で、いずれ白井屋の五代目となるはずだ。どうやら、お美代と違っておとなしい子であるらしい。

「太一郎もよく近所の悪ガキに泣かされていたけれど、仮病を使ったりしなかった。お真紀さんの躾(しつけ)が悪いから、親を騙すような子に育つんだ」

　お美代には「おっかさんには内緒だよ」と小遣いを渡しておいて何を言う——お秀は声を荒らげる母に腹の中で言い返した。

　杉次郎から「もう屋台に来るな」と言われた母は、十日ほど白井屋の離れに閉じこもったらしい。その後は何事もなかったように平助店にやってきて、兄家族への不満を声高に並べ立てている。

　一方、お秀は母からの土産はもらっても、金は断るようになった。「本当に金に困ったときだけ助けてほしい」と伝えたところ、母は黙って差し出した金を引っ込めた。

お美代も内緒の小遣いを取り上げられて懲りたのか、お秀に隠れて母と会うことはなくなった。その代わり、杉次郎に頼んでお民と屋台を手伝っている。

安さが売りの屋台に、幼くとも女の子が二人もいるのはめずらしい。客にかわいがられている反面、強引な客引きをして怒られることもあるようだ。

「いっそ、一之助とお美代が逆だったらよかったのに。お美代は頭の回りが早いし、銭勘定も得意だもの。きっといい商人になれただろうよ」

それはお秀が子供の頃にもよく聞いた言葉である。「兄と妹が逆だったら」と恨めしそうに言われたものだ。

とはいえ、過ぎたことをいまさら持ち出しても仕方がない。お秀は余計なことを言わず、母を慰めることにした。

「おっかさん、そう心配しなくとも大丈夫よ。一之助はまだ九つじゃないの」

「でも、『三つ子の魂百まで』って言うじゃないか」

母子でそんなやり取りをしていたら、勢いよく腰高障子が開く。何事かと思って見れば、お美代が「ただいま」と入ってきた。

「今日は風が強いからもう帰れって、お民ちゃんのおとっつぁんに言われちゃった。あ、おばあちゃん、いらっしゃい」

自分に甘い祖母を見て、お美代が目を輝かせる。ところが、母は慌てた様子で腰を浮かせた。

「だったら、あたしもお暇しよう。お秀、お美代、また来るからね」

ここでお美代と話したら、お秀に内緒のあれこれをばらされるとでも思ったのか。お秀は「危ないから駕籠を使って」と念を押して、母を長屋の木戸口まで見送った。

家に戻ると、お美代が畳の上に立ったまま母の土産のまんじゅうを食べている。お秀は目を吊り上げた。

「お美代、ちゃんと座って食べなさいっ」

「別にいいじゃない。屋台の蕎麦だって立って食べるんだから」

「それは家の中じゃないからでしょう。女の子のくせに行儀が悪い」

強い口調で叱り飛ばせば、お美代が口を尖らせて正座する。お秀はその姿を見て、「誰に似たんだか」と呟いた。

「そんなの、おっかさんに決まってるよ」

生意気な娘はそう言って、二つ目のまんじゅうに手を伸ばす。お秀はすかさず言い返した。

「失礼だね。おっかさんはもっと行儀がいいよ」

「でも、おばあちゃんが言ってたもの。あんたのおっかさんは親の言うことをちっとも聞かなかったって」

お秀はぐうの音も出なかった。

小夜の月

坂井希久子

坂井希久子（さかい・きくこ）
一九七七年和歌山県生まれ。二〇〇八年に「虫のいどころ」でオール讀物新人賞、一七年に『ほかほか蕗ご飯　居酒屋ぜんや』で歴史時代作家クラブ賞新人賞を受賞。著書に『泣いたらアカンで通天閣』『ハーレーじじいの背中』『17歳のうた』『若旦那のひざまくら』『愛と追憶の泥濘』『妻の終活』『花は散っても』『雨の日は、一回休み』『たそがれ大食堂』、「居酒屋ぜんや」「花暦　居酒屋ぜんや」「江戸彩り見立て帖」シリーズなど。

「お小夜ちゃ〜ん、あっそびっましょ！」

ああ、今日も来た。節をつけて歌うような、幼い子供の声。甲高い響きが、こめかみにキリリと刺さる。

この界隈は、ただでさえうるさい。さっきからズシンズシンと下腹に響いてくるのは、振り下ろされる杵の音だ。長屋の大家が搗米屋を営んでおり、朝から晩までこれが続く。

杵の音に負けじと井戸端では、おかみさんたちが噂話に花を咲かせていた。それを目当てに物売りが入れ替わり立ち替わりやって来て、しゃがれた売り声を張り上げる。

ここは深川八幡様の裏手に位置する、蛤町。海に近く掘り割りが入り組んでおり、磯臭さが髪にまで染み込んでくるような町だ。貝や小魚を売って暮らす者も多く、よく言えば威勢がいいのだが、つまるところ気性が荒い。旦那衆の多い日本橋に生まれ育った小夜の目には、見るものすべてが粗雑に映った。

「お小夜ちゃぁん、いるんだろ？」

障子戸の外ではまだ、近所の子供が諦めずに声を張り上げている。居留守を決め込もうにも、苛々して手にした針にちっとも糸が通らない。すでに綿入れを着る季節になっており、せめてお父つぁんの着物くらいは仕立て直してやらねばと思うのに、針仕事に慣れぬ手はまるで言うことを聞かなかった。

「あ痛っ！」

やっと通ったと思って性急に引っ張った糸が、あかぎれの溝をするりとなぞった。指からじわりと血が滲む。うっかり手を離してしまったせいで、糸も針穴から抜けてしまった。口に含んだ傷口から、鉄錆のにおいが鼻に抜ける。

「ねぇねぇ、お小夜ちゃん！」

うるさい！　着物の裾が割れるのも構わずに、小夜は片膝をドンと立てる。そのまま立ち上がり、足を踏み鳴らして土間に下りた。

「もう、うるさいったら！」

障子戸を開け放つなり、怒鳴りつける。芥子坊主の男の子が、きょとんとした顔で見上げてきた。

「毎日毎日、いい加減にして。アンタみたいに暇じゃないのよ！」

七つにもなれば、迷惑がられていることくらい分かりそうなものを。この平太は心根が図太いのか、何度追い払ってもやって来る。怒鳴られてもこたえた様子はなく、すぐにっこりと笑って見せた。

「やっぱりいるんじゃないか。遊ぼうよ」

「遊ばないったら。アンタの顔も見たくない！」

犬っころを追い払うように手を振っても、平太はちっとも怯まない。代わりに三軒隣の戸が開き、少女が小走りに駆け寄ってきた。

「信じられない。こんな小さい子に、なんてこと言うの！」

小夜をキッと睨みつけ、平太を庇（かば）うように後ろから抱く。平太の姉の、おりょうである。

歳は小夜より一つ下の、十二歳。この長屋に越してきたとき、お父つぁんは「同じ歳ごろの娘さんがいてよかったなぁ」と喜んだものだけど、小夜とおりょうは馬が合わない。どちらも気が強く、深く考える前に口が動いてしまうのが難点だ。顔を合わせれば気にくわないところをあげつらい、喧嘩ばかりしている。

「ほら行こう、平太。こんなお嬢様気取り、相手してもしょうがないよ」

「ええ、ええ。早く行ってちょうだい。そして二度と来ないでちょうだい」

二人は火花を散らし合い、ふんと同時に顔を背けた。

おりょうは歳下とは思えぬほど体つきがしっかりしており、そのぶん力もある。取っ組み合いの喧嘩になれば、こちらが不利だ。それでもおりょうはこれまで一度も、腕力に訴えてはこなかった。

「さ、あっちで遊ぼう。うきっちゃんも、おみわちゃんもいるから」と、平太の腕を引っ張ってゆく。平太は懲りずに振り返り、小夜に向かって手を振った。

井戸端で話し込むおかみさんたちの傍で、子供らがけんけんをして遊んでいる。はじめのころは小夜も誘われていたが、無下に断っているうちに、平太しか訪ねて来なくなった。

むしろ平太は、なぜ毎日来るのだろう。お父つぁんと二人きりになってしまった小夜には、遊ぶ暇などないというのに。煩(わずら)わしいったらありゃしない。

「本当ならアタシは、こんなところに住むような人間じゃないんだから」

遠ざかってゆくおりょうと平太には、聞こえない。それでも小夜は唇を尖らせて、負け惜しみを呟いた。

「こんなところで悪かったね」

存外近くから声が聞こえ、小夜は飛び上がった。おりょうと平太の背中を見送っていた目を、背後に転じる。そこに立っていたのは、大家の連れ合いのお力だった。

ほっそりとした背の高い女で、歳は五十くらい。目が据わり、皺の一本一本にまで迫力がある。お力を前にすると、小夜は縮み上がってなにも言えなくなってしまう。

お力の三白眼(さんぱくがん)が、真上からぎょろりと睨みつけてきた。

「お前さん、なんで針なんか持ってんだい」

「えっ」

驚いて、針をつまんだ左手に目を落とす。持ったまま出てきたことに、今まで気づいていなかった。

「これはその、繕(つくろ)い物をしていて」

「針には糸を通さなきゃ、なにも縫えやしないよ」

そのくらい、いくらなんでも知っている。

なにもできない小娘だからって、馬鹿にして。

たしかに半年ほど前には、包丁の持ちかたも、洗濯のしかたも知らなかった。おかみさんたちに呆れ顔をされるたび、小夜はむきになって言い返したものである。

しょうがないでしょ。こんなもの、全部女中の仕事だったんだから！

そのせいで、おかみさんたちの輪にも入れない。できないことがあっても、気軽に頼れない。

小夜は悔しさに下を向き、唇を噛みしめた。

長身のお力からの、無遠慮な視線を感じる。綿入れの季節になっても、小夜が着ているのは擦り切れた木綿の単衣だ。その垢じみた衿元や、綻びたままの縫い目を値踏みするように見ている。

「しょうがないね。繕い物を持って、うちに来な」

やがてお力は身を翻し、すたすたと表店に向かって歩きだした。

「えっ」戸惑いつつも、顔を上げる。もしかして、繕い物をやってくれるのだろうか。

小夜は慌てて部屋の中に取って返し、父の着物と、中に詰めるつもりの綿を胸に抱える。それから下駄をからりと鳴らし、振り返って待とうともしないお力の後を追いかけた。

ずしんずしんと、地面が揺れる。

土間に埋め込まれた唐臼に、足踏み式の杵が振り下ろされる。

店には同じ物が二台あり、大家とその息子が並んで米を搗いていた。

米などはじめから白いものと思っていた小夜は、玄米が搗かれてどんどん白くなってゆく工程に、はじめは驚き心動かされもした。だがこの音を毎日聞かされるとなると、ただ煩わしいだけ。大家も息子も、よくも厭きずに杵など踏んでいられるものだ。

「ほら、早くやっちまわないと日が暮れるよ」

柱がびりびりと震え続ける搗米屋の座敷で、小夜は慣れぬ手つきでちくちくと針を動かしていた。繕い物をやってくれるのかと思われたお力は、横から「ああしな、こうしな」と口を出すだけで、少しも手を動かさない。すぱすぱと煙草を吸い、目に染みる煙を吐くばかりだった。

「汚らしい縫い目だねぇ。もっと細かく縫わないと、綿が飛び出しちまうよ。やり直し」

針で指を突かないようにするだけでも精一杯なのに、お力ときたら容赦がない。どうにか進んだと思っても、構わず糸を解かされる。

「しっかりおし。贅沢三昧の暮らしはもう終わったんだ。なんでもやってくれる女中は、ここにはいないんだよ」

どうしてそんな、意地悪ばかり言うのか。いつまでも長屋に馴染めない小夜を、忌々しく思っているのかもしれない。

アタシは可哀想なんだから、もっと優しくしてくれたっていいのに——。

涙を見せるのは嫌だから、小夜はぐっと唇を噛む。半年前に生家を追い出されたときだって、小夜は決して泣かなかった。

日本橋馬喰町に店を構える、丸屋という小間物屋。常時二十人以上の奉公人を抱えるその大店が、小夜の生まれ育った家だった。

小夜のひい祖父さんが興した店で、祖父の代に商いを大きくして馬喰町に移り、それを父の徳兵衛が継いでいた。小夜が幼いころに没した祖父には商いの才があったようだが、徳兵衛はただ気がいいだけ。坊ちゃん気質がいつまでも抜けず、ただ名目だけの主であった。

それでも祖父が鍛え上げた奉公人たちのお蔭で、商いは順調だった。一人娘の小夜もいずれは婿を取って丸屋を盛り立ててゆくはずで、その日に備えて大事に大事に育てられた。

真綿の詰まった温かい布団に、絹の着物の肌触り。血赤珊瑚に彩られたびらびら簪が気に入りで、寒い朝に女中が湯を用意してくれる角盥には、金蒔絵が施されていた。

贅沢三昧と言われれば、そのとおり。悩みといえば今日の半衿はどれにしようとか、柄の出かたが悪い帯をどう工夫して締めようかとか、今考えれば鼻先で笑ってしまうようなことばかり。しかもそんな生活を、特に幸せとも思っていなかった。

継母のお久が番頭と共謀し、小夜と徳兵衛を追い出すまでは。

小夜のおっ母さんは、小夜が七つのときに病を得て、ころりと死んでしまった。いつまでも独り身では世間体も悪かろうという周囲の口添えで、その三年後に徳兵衛の後添いとなったのがお久である。

まだ若く、目元のホクロが婀娜(あだ)っぽい女だった。小夜は初対面のときから気に食わず、お久もまた突然できた娘に構いはしなかった。なさぬ仲とはいえ、反発することも辛く当たられることもなく、家の中の他人として淡々と過ごしていた。

そのお久にまさか、丸屋を乗っ取られるとは。いつの間にか徳兵衛は商いを顧(かえり)みず、娘の小夜と共に店の金を溶かしたことになっていた。収支が合わないと番頭に帳簿を突きつけられても、身に覚えのないことだった。

番頭の伊蔵は、先代がもっとも信頼していた男だった。数字に明るく、金を差配させれば右に出る者はいない。他の奉公人たちは皆、伊蔵の言い分を信じてしまった。

少なくとも、徳兵衛が商いを顧みなかったことは間違いがない。奉公人たちにとっては使い込みの真偽などどうでもよく、お飾りの主人を追い遣(や)りたかっただけなのだろう。彼らには自分たちが店を回しているという矜持(きょうじ)があり、まとめ役である伊蔵こそ主に相応(ふさわ)しいと考えていた。

そんなことに、今さら気づいても後の祭り。お久と伊蔵ができており、お久の腹に子がいたことも、ずっと後になってから知った。

許せないと歯嚙みしても、ちっぽけな小夜には現状を覆すだけの力がない。徳兵衛にはもとより欲がなく、「奉公人に背かれたのは、私が至らなかったせいだ」と悲しげに微笑むばかり。二人で住み慣れた日本橋を捨て、人の情けを頼ってたどり着いたのが、この深川蛤町だった。

「おいおい、恩人の娘さんを、あんまり虐めるんじゃねぇよ」

米を搗き終えた大家が、ちょいと一服と座敷の上がり口に腰掛ける。妻のお力に比べて短軀だが、足踏み式の杵を扱っているせいか、足腰はどっしりと定まっている。まん丸い顔に、白いものが混じった鬢。いつだって、人好きのする笑みを浮かべている。

はじめて会ったときも、大家はこの笑みを崩すことなく言ったものだ。

「遠慮するこたないよ。よくよく人を選んでますから、うちの店子はみぃんな家族みたいなもんさ」

大家が差配するのは、五部屋続きの棟割り長屋が二棟。通称蛤長屋と呼ばれる裏店である。由来は町の名からとも、姿形がそっくりな長屋が向かい合わせに建っている様子が二枚貝のようだからとも言われている。

　なんでも徳兵衛がうんと若いころ、お力が産気づいたところにたまたま出くわし、手助けをしたことがあったらしい。一人で買い物に出ていたお力には連れがおらず、徳兵衛が手近な船宿に部屋を取り、産婆を呼びに走ったというのだ。

　そうして生まれたのが、今も休みなく米を搗いている息子である。

　船宿を産屋代わりにするという無理を通すためには、それなりに金がかかったに違いない。しかし徳兵衛は「祝儀ですよ」と言って、産婆の費用も含めて決して金を受け取らなかった。その恩を大家が忘れていなかったお蔭で、小夜たちはどうにか生き長らえている。

「つき合いのあった旦那衆には無一文になったとたんそっぽを向かれてしまったけれど、それでも人の縁というのはあるものだねぇ」と、徳兵衛は暢気に笑っていたものである。

　でも小夜にとって、家族はもはや徳兵衛だけだ。長屋のみんなは「大変だったねぇ」と同情を示しつつも、庶民の暮らしに慣れぬ徳兵衛と小夜を陰で笑った。欠けた茶碗や障子紙の破れた行灯といった「いらないもの」を持ってこられるのも、施しを受けているみたいで嫌だった。

お力だって、繕い物の手助けもせずただ見ているだけ。大家が「ちょっとは手伝ってやれよ」と促しても、フンと鼻を鳴らすばかりである。

「この調子じゃ、お小夜ちゃんのぶんの綿入れができるころには真冬になっちまってるよ。可哀想じゃないか、なぁ」

同意を求めるように、大家がこちらに顔を振り向ける。どう答えたものかと、小夜は迷った。

「アタシの、ぶんは――」

たぶん、作れない。材料となる綿が、すでに乏しい。

徳兵衛に縫ってやろうとしている綿入れの綿も、自分たちの煎餅布団から少しずつ抜き出したものだ。小夜のぶんまで抜いてしまったら、それはもう布団ではなく継ぎ接ぎの袋である。そんなものを敷いたところで、体が痛くなるだけだ。

丸屋で使っていた分厚い布団ならば、少しくらい中身を抜いたって寝心地はよかろうに――。なんだか馬鹿らしくなってきて、気づけば針を持った手が止まっている。

お力がもう一度、フンと嘲るように鼻を鳴らした。

「そろそろ夕飯の支度をしないとね。今日はここまで。明日また来な」

空の色合いからすると、暮れ六つまであと少し。日があるうちに、夕餉の支度をしてしまわねば。

縫いかけの綿入れを行李に仕舞い、邪魔な袖を襷でまとめる。飯は朝起きてすぐに一日分を炊いてあるから、汁さえ作れば事足りる。

お力からは、火の扱いには充分注意するようにと、うんざりするほど言い聞かされていた。その際に竈の扱いかたも、みっちりと叩き込まれたものである。米を炊くと黒焦げか生煮えのどちらかだったが、ひと月もすればどうにか炊けるようになった。竈には種火を残してあるので、焚口の前に座るとほんのりと暖かい。大家が半年分の店賃を免除してくれ、お蔭で徳兵衛が稼いでくるわずかな金で、米と薪炭は買うことができた。だけどいよいよ来月からは、店賃を支払う約束だ。

この先は、どうやって生きていこう。頭を下げて頼めば大家はきっと待ってくれるだろうが、そんな惨めな思いはしたくない。

アタシも、働きに出ようかな。

でも、どこへ？

そもそも人に使われる境遇に、自分は耐えられるのだろうか。

魂が抜けたように、小夜はしばらくぼんやりと座り込んでいた。とそこへ、「お小夜ちゃん」と外から声がかかる。騒々しい平太とは違う、遠慮がちな呼びかけだ。

「はい」と応じて出てみると、おりょうと平太の母である、お福が微笑みかけてきた。

おりょうは母親似なのだと分かる、がっしりとした体つき。でもまろやかな微笑みには、すべてを包み込むような温かさが感じられる。小夜の本当のおっ母さんは華奢な人だったけど、お福を見るたびになぜか、その面影が思い起こされた。

「これ、お店の残り物なんだけど、よかったら食べて」

そう言って差し出されたのは、鉢に盛られた芋の煮っころばしだ。お福は数年前に良人を亡くし、一膳飯屋で働きながらおりょうと平太を養っている。そして小夜にもこうやって、残り物のお菜を届けてくれる。

他のおかみさんたちには愛想を尽かされてしまったのに、お福だけは小夜を気にかけてくれる。ありがたいと思う一方で、子供たちとうまくやれていない手前、気まずくもある。

お福を前にしてもじもじしていると、今度は真向かいの部屋の戸が開いた。袋に入った三味線を胸に抱えた、粋な年増だ。縞柄の着物の左褄を取り、足袋を履かぬ足は初冬の風にさらされてなお白い。

「あら、ぽん太姐さん。今からお座敷？」

「ああ。たんと稼いでくるさ」

いつ聞いても、おかしな名前だと思う。深川の八幡様の周りには料理茶屋が多く、そのため芸者も大勢いる。ぽん太姐さんは昼間は三味線の出稽古をし、日が暮れかけると装いを改めて座敷に上がる。誠の名はおそらく大家しか知らず、皆からは「ぽん太」という源氏名で呼ばれていた。

　こちらに向かってにやりと笑いかけ、ぽん太姐さんは颯爽とした足取りで裏路地を抜けてゆく。さすがは意気と俠気(おとこぎ)が売りの辰巳(たつみ)芸者。背筋がぴんと伸びていて、風が吹いたところでなびきそうにない。

　三味線なら小夜も丸屋にいたころ、常磐津節(ときわずぶし)を習ったことがある。だがとても腕一本でやっていけるわけがないし、ましてや芸者として生きてゆく覚悟もない。だいいちお父つぁん以外の大人の男と、まともに喋れる気がしなかった。

　初心(うぶ)で世間知らず、そのくせ気位だけは高い。我ながら、やっかいな性分だ。

「お小夜ちゃん、どうしたの。なんだか面持ちが暗いけど」

お福が心配げに、顔を覗き込んできた。優しい人だ。

だけど、そこまで親しいわけじゃない。「実は――」と、胸の内に抱えた悩みを打ち明けることもできない。

小夜はなんでもないと首を振る。山へと帰ってゆくカラスが、カアカアと鳴きながら飛んで行った。

いりこと味噌をけちったために、ひどく薄味の汁ができた。疲れて帰ったはずの徳兵衛は、文句もつけずにその汁を啜る。大店の主らしい貫禄は、この半年の間に痩せて萎み、顔の皺もずいぶん増えた。大きな荷を背負って家々を売り歩く行商の仕事は、みるみるうちに徳兵衛の体を作り替えていった。

近ごろでは足の痛みに呻くことも、担い紐が擦れて肩から血が滲むこともなくなった。でも気質までは、そうそう変えられるものではない。

おっとりとした徳兵衛には、粘り強さがなかった。「うちにはもう、決まった人がいるんでね」と客に断られると、あっさりと諦めてしまう。

「どうだった。今日は売れた？」

「なかなか、難しいねぇ」

質素な夕餉を囲んで交わされる会話も、いつも同じだ。このまま月が変わってしまうと、さすがに厳しい。

部屋の隅に置かれた行商箱の中身は、櫛や簪、紅や鹿の子といった小間物である。行商をはじめるにしても扱う品は慣れたものがよかろうと、やはり大家から金を借りて品物を仕入れた。

けれども、売れない。怠けているならまだしも、徳兵衛は朝から晩まで歩き回っているというのに。

「ねぇ、お父つぁん」

「なんだい」

「アタシにできる仕事って、あると思う？」

小夜がそう尋ねたとたん、徳兵衛は薄い汁に激しく噎せた。申し訳程度に入っていた若布の切れっ端が、喉に貼りつきでもしたのだろうか。

「だってアタシも、働いたほうがいいでしょう」

懐から取り出した手拭いで口元を押さえ、徳兵衛は眉を寄せる。どうしてそんなに、辛そうな顔をするのだろう。

「すまない」

べつに謝ってほしいわけではないのに。徳兵衛がしょんぼりしてしまうから、金の話がしづらくなる。

「お父つぁんがもっと、商いを頑張るから。小夜は、心配しないでおくれ」

そりゃあ、お父つぁんの商いがうまくいくのがなによりだけど――。

小娘の小夜にも分かる。徳兵衛は、商いには向いていない。

「そうだ。アタシが売り歩けばいいんじゃない？」

これは名案とばかりに、小夜は己の膝を叩いた。ただの思いつきだけど、案外悪くない気がする。

「女の小間物屋もいるでしょう。女の人が使うものなんだから、同じ女のほうが気持ちが分かるわ。それにアタシ、目が肥えてるもの」

伊達に丸屋の一人娘をやっていたわけじゃない。最高級の蒔絵も螺鈿も鼈甲も、幼いころから間近に見てきた。よっぽどの大店かお武家様相手でないとそんなものは売れないと分かっているけど、いいものを知っているに越したことはない。

自分にも、できそうなことがあったじゃないか。小夜は嬉しくなって、畳みかけた。

「お父つぁんはいつも、どういう家に声をかけてるの？　この界隈で小間物をよく買ってくれる人といったら、誰かしら」

ところが徳兵衛は首を振り、寂しげに笑うばかりだ。

「小夜に、そんなことはさせられないよ」

「どうして」

「どうもこうも、まだ十三じゃないか」

そうは言っても世の中には、小夜よりずっと幼いうちから奉公に上がる子たちがいる。親のない子が物売りをして、日銭を稼いでいたりもする。

お父つぁんまで、アタシにはなにもできないと思っているんだわ。

家の中のことは、たしかにまだ覚束（おぼつか）ない。でも小間物の商いなら、少しは役に立てる気がしたのに。

小夜は下唇をぐっと噛む。だけどもう、猶予がない。内心では、諦めるものかと思っていた。

明日また来なとお力に言い渡されていたから、次の日も小夜は縫いかけの綿入れを持って搗米屋へ行った。

大家には世話になっているのだから、約束を違（たが）えて心証を悪くしたくない。「そこは縫いかたが違うよ」とお力に横槍を入れられつつも、どうにかこうにか針を進めた。

しばらくそんな苦行に耐えていたが、昼を知らせる九つの鐘が鳴りはじめたとたん、小夜はすっくと立ち上がった。

「これから用事があるので、すみません」

綿入れは仕上がっていなかったが、繕い物だけで貴重な一日を潰すつもりはなかった。

小夜は慌てて自分たちの部屋に戻り、お櫃の中の飯で大きな握り飯を作ってかぶりつく。皿にも載せず立ったままで、行儀が悪いのは承知の上だ。食べ終えると流しでさっと手を洗い、外に飛び出した。

「あ、お小夜ちゃん!」

平太が気づいて、嬉しそうに駆け寄ってくる。小夜はすかさず、「遊ばないったら!」と叫び返した。

「あのね、オイラ考えたんだ。オイラたちと遊べる日はさ、家の前の地面にマルを描いといておくれよ。そしたら誘いに行くからさ」

懲りない子供だ。これまで小夜が平太たちと遊んだことなど、ただの一度もなかったろうに。水汲みに出てきたおりょうまでが、呆れたように肩をすくめている。まともに相手をするのも面倒だ。小夜は「そのうちね!」と言い残し、表通りに向かって駆けだした。

たしか八幡様の門前に、小間物屋があったはず。丸屋でのなに不自由ない日々が思い出されて辛いので、中を覗いてみたことはない。でもあの店の品揃えを見れば、この界隈で入り用とされているものが分かる気がした。

昼の日中でも料理屋の二階から三味線の音が洩れ聞こえる、艶めかしい町である。小間物屋は八幡様の、二の鳥居の手前にあった。下駄を鳴らして駆けてきた小夜は、いったん立ち止まって弾む息を整えた。

丸屋とは比ぶべくもない、小さな店だ。遠目に見たかぎり、夫婦二人で切り盛りをしているらしい。それでも次々と人が入ってゆく。きっと人気の店なのだろう。

「よし」と呟き、中に足を踏み入れる。そのとたん、妙な懐かしさに包まれた。

飾り櫛に梳(す)き櫛、笄(こうがい)、鹿の子絞りの手絡(てがら)、白粉に鬢付け油、紅猪口(べにちょく)、それから色とりどりの巾着——。見世台に並ぶのは、若い娘に好まれそうな小間物だ。その品揃えは、丸屋と似ていた。

もちろん品物の質は、丸屋より劣る。だが色遣いや意匠などに、似通ったものがあった。

この感覚は、なんだろう。小夜は店の中でぼんやりと立ちつくす。後ろから肩を叩かれたのは、そのときだった。

「おや、お小夜ちゃん。買い物かい」

　びくりとして、振り返る。出稽古にこれから行くのか帰るのか、三味線を抱えたぽん太姐さんがそこにいた。色鮮やかな品物が並ぶ中で、渋い装いの姐さんは浮いている。

「そういうわけじゃ――」

　小夜はしどろもどろに首を振る。様子がおかしいと察したか、ぽん太姐さんが「こっちへおいで」と腕を引いてくれた。

「へぇ。お父つぁんの商いのために、小間物屋の品揃えを見に行ってたわけだね」

　ぽん太姐さんが、ぷかりぷかりと煙草を吹かす。饅頭屋の前に出ていた縁台に、誘われて腰を掛けていた。

「遠慮せずあがんな」と、栗蒸し饅頭の皿が押しやられる。小さく礼を言って、小夜は蒸したての饅頭にかぶりついた。嚙ったところからほくほくと湯気が立ち、腹の中が温まる。

「たいした心がけだねぇ。でも、あすこじゃ参考になるまいよ」

　それは、どういうことだろう。顔を上げた小夜に向かって、姐さんは口元をにやりと笑み歪ませる。

く。

「なぜって？　ここらへんの女は、あの店では買い物をしないからさ」

初冬の空は、いやに高い。ぽん太姐さんが吐いた煙は、どんどん上へとのぼってゆ
「丸屋が？」

「その点は、お前さんが生まれ育った店も同じさね」

問いかけが喉に絡んだ。小夜は熱い茶を啜り、喉元に残る餡子の甘さを洗い流す。

「同じって、なにが」

「そりゃあアンタ、どちらもおのぼり目当ての店じゃないか」

小夜はハッと目を見開いた。

丸屋が店を構える日本橋馬喰町は、旅宿街だ。諸国から訴訟や商用、物見遊山のために人が集まり、みな国元に帰るときには土産物を買ってゆく。八幡様の参道もご同様。どちらも地元の客が買い物をする場所ではなかった。

「そうか、だから似ていると思ったんだ」

国元で待つ、妻や娘に買ってゆく土産だ。きっと都会らしく、華やかなものが好まれる。でも江戸の人間は、地味好みだ。若い娘ならば多少は華やいだ装いもするが、ごてごてと飾り立てるほどではない。

つまり丸屋やさっきの店が繁盛しているのは、おのぼりが入れ替わり立ち替わりやって来るから。売り場に立つことのなかった小夜は、そんなことも知らなかった。商いを奉公人任せにしていた徳兵衛だって、似たようなものだろう。

それは売れぬはずだと、ようやく腑に落ちた。

「じゃあこの界隈で、小間物をよく買うのってどんな人？」

「そりゃあやっぱり、芸者だろうさ」

そう言われて表通りに目を転じてみれば、たしかに芸者らしき女たちが行き来している。男勝りな気性を売りにしている辰巳芸者は、よその町よりさらに装いが渋い。徳兵衛の行商箱に収められている、真っ赤な鹿の子絞りや花簪など買ってくれるわけがなかった。

「たとえばぽん太姐さんが、今ほしいものって？」

「そうさねぇ。ああ、この煙草入れ」

ぽん太姐さんが、傍らに置いてあった煙草入れを目の高さに持ち上げる。煙管（きせる）を仕舞う筒状の袋と、煙草の葉を入れておく小袋を細い鎖で繋げたものだ。この煙管袋のほうを、帯に差して持ち歩くのである。

姐さんの煙草入れは紫と白の市松柄で、萩の葉の縫い取りが施されていた。

「気に入りなんだけど、秋っぽいからね。冬用のがほしいねぇ」

「うんうん、それで？」

「お座敷をちょっと立って、化粧を直すことも多いからね。紅板なんかあるといいねぇ」

紅は小さな猪口に塗って売られるのが普通だが、出先で塗り直すとなると持ち運びがしづらい。そこで懐中に忍ばせておける、紅板に入れて持ち歩く。

煙草入れも紅板も、丸屋では扱っていなかった。きっと客の郷里では、女たちは煙草や紅を持ち歩いたりしないのだ。徳兵衛の行商箱の中にも、一つも入っていなかった。

「そんなにも、求められるものって違うのね」

「そうだね。所変わればさ」

ぽん太姐さんはあははと笑って、天女のごとく軽やかに立ち上がった。

その日も小夜は搗米屋の座敷で、徳兵衛の綿入れを縫っていた。

もう少しで、出来上がる。だけどお天道様が西に傾いてゆくにつれ、気もそぞろになってゆく。

「しっかり手元を見とかないと、怪我するよ」

　お力に注意を促され、しばらくは集中するのだけれど、ついつい表の通りが気になって顔を上げてしまう。

　米を搗く振動が、心の臓にまで響いて苦しいくらいだ。どうかうまくいきますようにと、擦り切れそうな思いで祈る。

　ぽん太姐さんに助言をもらってから、すでに六日が経っていた。その晩さっそくその話を伝えると、徳兵衛は「なんと」と目を見開いたものである。

「どうりで丸屋での売れ筋が、ちっとも売れなかったわけだ」

　これじゃあ、奉公人たちに追い出されるのも無理はないね。そう言って、いかにも可笑しそうに笑った。

　不調のわけが分かったなら、あとは改めてゆくしかない。まずは八幡様の前の小間物屋に頼み込んで、徳兵衛の行商箱の中身をそっくり仕入れ値で買い取ってもらった。その金で、次こそ売れる品を仕入れるのだ。

「今度のことで、自分に商いの才がないことはよく分かった。だからどうか、小夜も手伝ってくれないか」

　もはや失敗はできないと、徳兵衛は問屋に小夜を伴った。それまでに小夜は行き違う芸者たちの装いをじっくりと見て、頭に叩き込んでいた。

あの姐さんたちの、望むもの。よくよく考えて、冬物の煙草入れと紅板の他に、繰り出し式の小さな紅筆、懐中鏡入れ、携帯用の白粉箱を選んだ。簪や笄、飾り櫛は鼈甲風のものが好まれると見て、それもいくつか意匠違いで揃えてみた。

中身のすっかり入れ替わった行商箱を背負い、徳兵衛が「行ってくるよ」と出て行ったのが今朝のこと。向かいのぽん太姐さんが一番に、南天柄の煙草入れを買ってくれた。

「南天は、難を転じるというからね」と、小夜たちの再出発を応援してくれたものである。

「ぼうっとしてないで、縫い止まりをしっかり留めとかないとほどけちまうよ」

お力に肩を叩かれて、慌てて手元に目を遣る。いつの間にやら綿入れの、最後のひと針を刺していた。小夜はその針にくるくると糸を巻きつけてから、小間物が売れていますようにと祈りつつ、きゅうっと引き抜いて結び目を作った。

「よし、できたね」

綺麗に縫えているのをたしかめてから、お力が頷く。

「よくやった。これでもう、たいていのものは縫えるよ」

その口調は、そっけない。縫い目を指でなぞりながらだから、こちらを見てすらいない。

もしかして今、褒められた？

小夜はぱちくりと目を瞬く。すげない態度の裏に、隠された優しさ。お力の真心に、今やっと触れた気がする。

なぁんだ。顔が怖いものだから、てっきり――。

「ありがとう、お力さん」

感謝を伝えてみると、お力はフンとそっぽを向いた。そんな態度を取られると、こっちまで照れくさくなってしまう。小夜もまた、むずむずする頰を内側から嚙んでうつむいた。

「おい、お小夜ちゃん。帰ってきたよ」

ずしんずしんと米を搗いていた大家が、杵を操っていた足を止める。息子もそれに倣ったために、搗米屋は急に静かになった。

開け放した入り口のところで、走ってきたらしい徳兵衛が息を切らしていた。

「お父つぁん」

心配になって、立ち上がる。徳兵衛も一歩二歩と、踏みしめるように近づいてきた。

「――れた」

「えっ？」

声がかすれて、聞き取れない。徳兵衛は、ごくりと唾を飲み込んだ。

「売れた。紅板も袋物も、簪も。煙草入れなんか、ぜぇんぶ売れた！」

「うそ！」

にわかには信じられず、小夜は両手で口元を覆った。

「よかったねぇ」と、大家が目尻に皺を寄せる。息子もうんうんと頷いている。

だって、今まであんなに売れなかったのに――。

売れた。うんと頭を悩ませながら選んだ、品物の数々が。煙草入れなど、すべて売れてしまったという。ぷちぷちと泡が立つように、腹の底から喜びが込み上げてくる。

勢いに任せ、小夜はその場で飛び上がった。

「大変、またすぐ仕入れに行かないと！」

翌日から、小夜はうんと忙しくなった。

行商に向かう徳兵衛を送り出し、掃除や洗濯といった家の仕事を済ませると、すぐに表通りへ飛び出してゆく。そして町をゆく女たちの装いを眺めながら、次に仕入れる品物はなにがいいかと考えるのだ。

そのうち顔見知りになった姐さんたちが、「これこれこういうものはないのかい？」と話しかけてくる。この問いかけは、客の好みが知れてありがたい。たとえ手元にお求めの品がなくっても、小夜は「探してみます」と応じた。

頻繁に仕入れをしても、行商箱の中身はあっという間に寂しくなった。このぶんなら店賃も支払えるし、借財も少しずつ返していけそうだ。

こつこつと金を貯めていけば、いつか表通りに店を出すことだってできるかもしれない。それまで贅沢はお預けだ。小夜は相変わらず単衣の着物を着ていたが、不思議と寒さを感じなかった。

「私はさっぱりだけど、小夜は死んだ親父に似たのかな。いつだって、商いが楽しくってしょうがないって顔をしていたよ」と、徳兵衛は懐かしげに目を細めたものだった。

「あ、お小夜ちゃんだ。おかえんなさい！」

昼を食べるため蛤長屋に戻ると、平太が竹とんぼで遊ぶ子供たちの群れから抜けて、駆け寄ってきた。弟が意地悪をされるのではと、おりょうまで後を追いかけてくる。

小夜は足早に歩きながら、「ごめん、急いでるの」と二人を遮った。

本当に、急いでいた。昼飯を食べたら、小間物問屋で徳兵衛と落ち合うことになっている。道端で姐さんたちと話し込んでいたせいで、うっかり遅くなってしまった。
「ふん、いい気になっちゃってさ！」
おりょうが例のごとく突っかかってきても、相手にしていられない。小夜は「またね」と言い捨てて部屋に入り、ぴしゃりと障子戸を閉めた。

いつものように土間に立ったまま握り飯を腹に収めると、小夜は休む間もなく飛び出した。

大川に架かる永代橋を渡り、向かう先は日本橋横山町。そこにある小間物問屋には、今日はじめて訪れる。いい品物があるだろうかと、早足のせいだけでなく胸が弾んだ。だけど横山町は、馬喰町とはひと筋違いだ。歩いてゆくにつれ、景色がだんだん見慣れたものになってゆく。贔屓だった京菓子屋、よく通った半衿屋、しょっちゅう役者絵を買っていた絵双紙屋――。

どれもこれも、思い出深い店ばかり。でもどうしたことだろう。たったの半年で、それらはやけによそよそしく見えた。

用を済ませたら、さっさと帰ろう。

そう考えて、小夜はあれっと首を傾げた。深川に移ったばかりのころは、日本橋に帰りたいと、毎日祈っていたものだ。いつの間にやら、帰る場所が逆になっている。

住めば都というものね。

ようするに、貧乏暮らしにも慣れてきたのだ。近ごろは特に、商いに関わるのが楽しくってならない。生家への未練はどうやら、溶けたようだ。

丸屋がなにさ。いつか「小夜屋」を立ち上げてやるんだからと、小夜は下駄の足音を笑わせる。カラコロ、カラコロ。目当ての小間物問屋の前に、徳兵衛が立っているのが見えた。

「ごめんね、お父つぁん。遅くなっちゃった」

胸元に手を置いて、乱れた息を整える。「ああ」と応じた徳兵衛は、なぜか眩しげな目をして笑った。

「さ、早く買いつけをしちゃいましょ」

「そうだね。でもその前に、寄りたいところがあるんだよ」

どこへ？ と尋ねる前に、徳兵衛はもう歩きだしている。なんだか様子が変だけど、小夜はそのあとに従った。

「日本橋も久し振りね。深川とはやっぱり、歩いてる人の趣が違うわ。さっきの人、町芸者よね。こっちでは赤い手絡も使うのね」

ついお喋りになってしまうのは、不安だから。徳兵衛の足の向かう先は、馬喰町だ。大小の旅人宿が並ぶ通りに出ると、そのまま西を指してゆく。

待ってよ、その先には――。

未練を断ち切ったはずの、丸屋がある。間口六間、甍の黒々とした土蔵造りの二階家の前で、小夜は思わず足を止めた。

あれっ、こんなだっけ？

懐かしさより、先に立ったのは違和感だった。その正体を探る前に、徳兵衛が暖簾を分けて中へと入ってゆく。

「えっ、ちょっと！」

躊躇したのは一瞬で、小夜もえいやと中へ飛び込んだ。徳兵衛は、今さら丸屋になんの用があるのだろう。

店の土間に踏み込んだとたん、身震いがした。表の通りは賑わっているのに、客があまり入っていない。それどころか、立ち働く奉公人の姿も減っていた。見世台に並ぶ品物だって、以前より明らかに数が少ない。

どういうこと？

帳場に座っていた伊蔵がこちらに気づき、ひやりとした土間に下りてきた。

「どうも、わざわざお運びいただきまして」

てっきり追い返されるものと思ったのに、伊蔵はにこやかに小夜たちを迎えた。体格のいい男だ。正面に立たれると、気圧(けお)される。

「こちらこそ、すまないね。娘のことを、よろしくお頼みします」

二人の間では、なんらかの約束事が取り交わされていたらしい。そう悟りはじめた小夜は、徳兵衛の手で前へと押しやられ、わけの分からなさに「なに！」と叫んだ。

「お前は今日から、丸屋のお嬢さんに戻れるんだ。なにも私につき合って、貧乏長屋で苦労をすることはない。伊蔵とお久を本当のお父つぁん、おっ母さんと思って、可愛がってもらえよ」

背後から囁かれる徳兵衛の言葉が、意味を知らぬ経文のように耳元を滑ってゆく。身を翻(ひるがえ)したくても肩を押さえる手が強くて、小夜は小刻みに震えだす。

嫌だ。なにを言っているの、お父つぁん。

驚きのあまり、声が出ない。どうしてこんなことになってるんだっけ。今日は横山町の小間物問屋で、仕入れをするはずだったのに——。

事情を問いたくて視線をさまよわせてみるも、顔見知りの奉公人たちは気まずそうに顔を伏せるだけ。誰が呼びに行ったのか、店と内所の境の暖簾の前にはお久が佇んでいた。

どくんと心の臓が跳ねる。邪魔者とばかりに、小夜と徳兵衛を追い出した憎い女。目元の婀娜っぽさは相変わらずだが、どうしたことか身窶(みやつ)れしている。子ができたならそろそろ産み月に近いはずなのに、腹回りも痩せていた。

ますます、わけが分からない。お久の眼差しは、一つ屋根の下に暮らしていたころと同じだ。小夜など見えていないかのように、関心がない。

それなのに、アタシを連れ戻すの？

この女を、そして伊蔵を、実の親と同じように思えるはずもない。大人たちの間で、いったいどんな取り決めがあったというのだろう。

「この子は先代に似て、商いの才がある。きっとこれからも、丸屋を盛り立ててくれるだろう」

「いや、徳兵衛さん。先代はあなたでしょう」

「ああ、そうだったな」

もうお前の店じゃないと言われても、徳兵衛は苦々しく微笑むだけ。その表情のまま、こちらに顔を振り向けた。

「じゃあな、小夜。達者でな」

嘘だ。こんなことってない。全部まやかしに違いない。

「お父つぁん！」

身を翻らせ、父の背中を追いかける。すぐさま伊蔵に後ろから羽交い締めにされて、小夜は声をかぎりに呼びかけた。

「なんで。どうして置いてくの。ねぇ、行かないで！」

どれだけ必死に訴えても、徳兵衛は振り返ろうとはしない。伊蔵が声を落とし、耳元に囁きかけてきた。

「やめときな。お荷物がいないほうが、徳さんだって生きやすいとさ」

ひゅっと、喉の奥が鳴る。まさか、お父つぁんがそんなことを言うなんて。すぐにでも追いかけて、問い詰めたい。だけどもし、「そのとおりだ」と言われたら？身軽になりたいのだと突き放されたら、立ち直れる気がしない。

目一杯伸ばした小夜の手から、だらりと力が抜けてゆく。徳兵衛の背中はもう、暖簾の向こうに消えてしまった。

丸屋に戻ってから、三日が経った。

小夜は奥まった自分の部屋で、ただぼんやりと時を過ごした。

部屋の調度はそのままで、箪笥の抽斗には気に入りのびらびら簪も残されていたが、頭に挿してみる気にはならなかった。一昨日と昨日は雨で、壁に寄りかかって連子窓からただひたすら雨垂れを眺めていた。

深川での毎日が慌ただしかっただけに、なんだか抜け殻になったみたいだ。前はこの部屋でどうやって過ごしていたのか、ちっとも思い出せない。絹物の振袖はふきにたっぷりと綿が詰まっているのに、体はずっと冷えていた。

半年ぶりの丸屋は人が減り、顔ぶれもかなり変わっていた。この三日のうちに分かったのは、古くからいた奉公人が伊蔵とお久の間柄を知って離れていったこと。お久の腹の中にいた子が、運悪く流れてしまったこと。医者の見立てによると、この先子を授かるのは難しいかもしれないということ。

そこで伊蔵は、小夜を養女に迎えてはどうかと考えた。そうすれば跡取りができるし、年頃になったら都合のよさそうな男を婿に迎え入れればよい。なにより小夜を丁重に扱えば、先々代に恩のある奉公人たちが戻ってくるのではないか。そんな浅はかな思惑で、徳兵衛に話を持ちかけた。

追い出したり呼び戻したりと、身勝手にもほどがある。

小夜は「冗談じゃない」と叫んで、すぐにでも丸屋を飛び出したってよかった。だけど伊蔵のひと言が胸に引っかかり、重しとなって引き留める。

——お荷物だなんて。

嘘だ。お父つぁんはそんなこと言わないと否定したくても、決して振り返ろうとはしなかった後ろ姿が頭をよぎる。深川に逃げ帰ったところで、お父つぁんにとっては迷惑なだけかもしれない。そう思うと、怖くてどこにも行けそうにない。

だけどかつての小夜の家は、ひどくよそよそしかった。身の回りの世話をしてくれた女中も辞めていて、新しい女中は気心が知れない。お久の姿は初日以来見ておらず、伊蔵もたまに様子を窺いにくるだけ。食事はすべて部屋に運ばれ、小夜は味気ない飯を一人で食べた。

お福さんが持ってきてくれた煮っころばしは、美味しかったな。

思い出されるのは、蛤長屋で食べた素朴な料理ばかり。お金に困ってはいたけれど、自分は案外幸せだったのだ。

いつもそう。大事なものに気づくのは、失ってからのこと。

勘が鈍いのだろうか。我ながら、嫌になる。やれやれと首を振り、小夜はおもむろに立ち上がった。

部屋に引きこもっていたせいで、少しばかり足が萎えている。外に出ることはまだ許されていないから、家の中を歩くことにした。

丸屋では奥座敷を出ると庭に面した長い廊下があり、台所を挟んで店へと続く。櫨の色づく庭を横目に見ながら歩くうちに、だんだん騒がしくなってきた。

なんだろう。台所で働く女中たちはもう、朝餉の片づけを終えてひと休みしているはず。と思ったら、子供の泣き声が弾けた。どうやら、店でひと悶着が起きている。

「お小夜ちゃんを出せ！」と涙ながらに叫ぶ声には、聞き覚えがあった。

小夜は足を速めた。店との境目に立ち、暖簾をそっと上げてみる。土間に立って騒いでいるのは、やはり平太だ。その背後には、おりょうまでいる。奉公人と客が見守る中で、伊蔵は帳場に座ったまま、しっしっと手を振った。

「そんな娘はいないよ。帰ぇんな」

「嘘だ。だって入り口んとこにマルが描いてあった。お小夜ちゃんと決めた合図だもの」

「マル？　ああ、あれは屋号だ」

丸屋の暖簾には、店の名にちなんで丸い印が染め抜かれていた。

そういえば、遊べるときには印を出せと言われてたっけ。合図と言ったたって、平太が勝手に決めたことじゃないか。

呆れてその場に佇んでいると、うっかりおりょうと目が合った。

「あっ、いた！」

指を差されて、飛び上がる。おりょうは下駄を脱ぎ捨てて、店の座敷に上がってきた。

伊蔵に目配せをされて、奉公人がその前に立ち塞がる。

まさか、手荒なことはしないよね。

慌てて奉公人に駆け寄って、その袖を摑んでいた。そんなことには構わずに、おりょうが小夜に嚙みついてくる。

「なにさ、お姫様みたいな格好しちゃって。おじさんのことを見捨てて、いい気なものね！」

おりょうに食ってかかられると、すぐにこめかみのあたりが熱くなる。なんともひどい言いがかりじゃないか。

「なによそれ。誰が、誰を見捨てたって？」

「耳まで悪くなっちゃった？　アンタが出てってから、おじさんったらずっとお酒を飲んでるの！」

お父つぁんが？　聞き返しそうになって、ぐっと堪える。旦那衆の寄り合いがあれば少しくらいは飲んでいたが、家ではほとんど飲まない人だ。深川に移ってからは金もないので、一滴も飲んでいなかった。

それなのに、なぜ自棄になったように酒を飲んでいるのか。正気を失いたいのは、むしろ小夜のほうだった。

「違うわ。お父つぁんが、アタシを捨てたのよ」

「なに言ってんのよ。そんなわけないって、分かってるでしょ！」

おりょうがぐいっと顔を近づけてくる。間に挟まれていた奉公人が、しゃがんで逃げ出すほどの剣幕だ。

むきになっておりょうと睨み合っているうちに、だんだん視界がぼやけてきた。

そんなわけないって、分かってる。徳兵衛は伊蔵に話を持ちかけられて、丸屋にいたほうが小夜のためにはいいと判断したのだ。金の心配もなく、ただ座っているだけで身の回りが整えられる。そんな暮らしを、いい暮らしだと思っているのだ。だって徳兵衛は、根っからのお坊ちゃんだから。

「でもお父つぁんは、アタシをお荷物だって――」

「徳兵衛さんが、そう言ったの？」

「違うけど――」

直に言われたわけではない。そう言い聞かせてきたのは、伊蔵だ。

おりょうがハンと鼻を鳴らした。

「実の娘を捨てるような人に、あの大家が部屋を貸すわけないじゃない」

そういえば、大家はよくよく人を選んでいると言っていた。今思い返してみれば、蛤長屋の人たちは優しかったのだ。欠けた茶碗や障子紙の破れた行灯も、貧しい彼らにとっては「いらないもの」ではなかったのかもしれない。みんな少しずつ苦しい中で、助け合って生きている。その厚意を素直に受け取れなかったから、小夜は浮いてしまったのだ。

ぽろりと涙が、頬に零れた。ひと筋だけ、弧を描いて流れてゆく。

平太がべそをかきながら、おりょうの着物の裾を握る。その目は兎のように真っ赤だった。

「喧嘩してる場合じゃないよ。早く帰ろう。おじさんが、死んじまうよ」

「こら、縁起でもないこと言わないの！」

おりょうが平太の頭をポカリと叩く。「どういうこと？」と尋ねると、そっけなく肩をすくめて見せた。

「ただの飲み過ぎ。朝起きてみたら、厠の前で寝てたのよ。うちのおっ母さんが仕事を休んで介抱してるから、気遣いないわ」

「お父つぁんの、馬鹿」と、小夜は小さく呟いた。

本当に馬鹿だ。自分勝手に決めたことで自棄になって、人に迷惑までかけて。たったひと言、「お前はどうしたい？」と聞いてくれたらよかったのに。お金に不自由しない暮らしが幸せと思い込むなんて、お坊ちゃんにもほどがある。一人でなんて、生きていけないくせに。小夜がいなきゃ、商いひとつまともにできなかったくせに。

もう、こうしちゃいられない。小夜は近くにいる奉公人に声をかけた。

「お願い、アタシの下駄を出して」

きっと、この半年のうちに入った人だ。見慣れぬ男は伺いを立てるように、伊蔵のほうをちらりと見た。

「駄目だ。そもそもお前と徳さんが追い出されたのは、店の金を使い込んだからだ。どうしても帰りてぇんなら、その金を揃えてから行きな」

金など持っていないのを承知の上で、伊蔵は勝ち誇ったように笑う。小夜たちを追い出したときも、「金、金」とうるさく叫んでいたものだ。

「おやおや、ずいぶん威勢のいいお人だねぇ」

とそこへ、ずけずけと割り込んできた者がいた。店の暖簾をかき分けて、現れたのはお力である。凄みのある三白眼で周りを見回し、小馬鹿にしたような笑みを洩らした。

「ずいぶんもめているようだねぇ。いっそのこと、御番所に届けてみちゃどうだい。そのほうが後腐れ（あとくさ）れもなかろうよ」

御番所とは、南北の町奉行所のことだ。その名が出たとたん、伊蔵の顔色が見るからに変わった。

「おや、どうしたんだい。お役人に入られちゃ、まずいことでもあるのかい？」

お力の言い回しには、妙な含みがある。伊蔵の態度から察するに、本当にまずいのだろう。

金を使い込んだと言われても、こちらには身に覚えのないことだ。それでも金が足りないのなら、使い込んだ者は別にいる。伊蔵が探られて困るのは、そのへんのところだろうか。

だけどもう、小夜にとってはどうだっていい。それよりも、お力が胸に抱いているものが気になった。

「お力さん、それって綿入れ？」

「ああ。お前さんがいつまでも単衣で走り回ってたから、縫ってみたんだけどね。べつにもう、いらないかね」

若い娘らしい、黄八丈柄。お力は小夜の着物のことまで、気にかけてくれていたのだ。

「ううん、嬉しい。すぐに着るわ」

小夜は裸足のまま土間に下り、綿入れを受け取った。そしてすぐさま、帯を解く。

「アンタ、なにしてんのよ！」おりょうがとっさに両腕を広げ、周りから見えないようにしてくれた。

その陰で小夜は振袖から木綿の綿入れに素早く着替え、帯を締め直した。

色糸の縫い取りが入った友禅の振袖は、元々小夜の持ち物だ。きっと、目玉が飛び出るほど高いはず。それを袖畳みにして、座敷に置いてやった。

「使い込みなんて知らないけど、お情けでこれをあげるわ。足しにしてちょうだい」

伊蔵から、返事はない。真っ青な顔をして、うつむいている。どうやらもう、帰ってもよさそうだ。

以前からの奉公人が、気を利かせて小夜の下駄を揃えてくれた。「ありがとう」と礼を言って、鼻緒に足を通す。平太が差し出してきた手を、小夜はキュッと握った。

「お待ち」

背後から声がかかった。肩越しに振り返ると、お久がちょうど店に出てきたところだった。

「どうしても出てくなら、もう二度とうちの敷居は跨がせないよ」

「うち？」

どの口が、それを言うのだろう。でも不思議と腹が立たないのは、お久の眼差しになんの関心も執着も見えないからだ。

この人はただ流されるままに徳兵衛の後添いとなり、伊蔵にそそのかされ、傾きかけた丸屋の奥深くにひっそりと暮らしている。なにが幸せかも分からぬままに、分が悪くなればそのうち伊蔵のことも捨てるのだろう。

ひどい仕打ちをされたけど、もういい。お久には、恨み続ける価値もない。

「構わないわ。だってアタシの家はもう、別にあるもの」

きっぱりと告げ、お久の反応も見ずに前へと向き直った。

「さぁ、帰ろう」

空いていたほうの手を、おりょうが握る。姉弟で顔を見合わせて、急に走りだしたから、小夜は前につんのめった。

「待ってよ」文句を言いながら、足を速める。お力が「やれやれ、元気だねぇ」と零しながら、のんびり後からついてきた。

たった三日離れていただけなのに、ずしんずしんと騒がしい蛤長屋がもう恋しい。家に帰ったらまずは、お父つぁんを叱りつけてやらないと。

アタシの幸せは、アタシが決める。けっきょくのところ、誰といたいかなのだ。だからもう、さよならするね。

おりょうと平太に手を引かれながら、小夜は一度だけ生まれ育った家を振り返る。暖簾に染め抜かれたまん丸印は、真昼の月のようだった。

逃げ水

志川節子

志川節子（しがわ・せつこ）

一九七一年島根県生まれ。二〇〇三年に「七転び」でオール讀物新人賞を受賞しデビュー。一三年『春はそこまで　風待ち小路の人々』が直木賞候補。著書に『手のひら、ひらひら　江戸吉原七色彩』『芽吹長屋仕合せ帖　ご縁の糸』『花鳥茶屋せせらぎ』『煌』『かんばん娘　居酒屋ともえ繁盛記』『博覧男爵』など。

一

見世物小屋や百日芝居、寄席、矢場などがひしめく両国橋西詰の空は、うっすらと雲に覆われていた。梅雨が明けるまで、あとひと息だ。

梅川一遊斎(うめかわいちゆうさい)一座の幟(のぼり)を立てた小屋では、太鼓に笛、三味線のお囃子が場内をにぎにぎしく盛り上げていた。

「ええ、これよりご覧に入れまするは、水からくりの芸でございます。演じますのは一遊斎が姪、小雛(こひな)太夫。目下のところ売り出し中の娘太夫にて、お客さまにおかれましてはなにとぞ鷹揚にご覧を願います。されば、小雛太夫の出でございます」

舞台袖に立った後見が口上を述べ終わると、お囃子がひときわ高くなる。金糸銀糸に彩られた裃(かみしも)を着けた小雛太夫が上手から現れると、土間の見物客がいっせいに手を叩いた。

「いよッ、待ってましたッ。小雛太夫ッ」

前方に陣取った若い男どもから、野太い声が飛ぶ。その横では、親子連れが笑顔を見せていた。ここでは身分の上下も、男女の別も、老いも若きもない。

丸太で組まれた骨組みに菰(こも)を掛けめぐらせただけの小屋とはいえ、土間の桝席とその両脇に設けられた桟敷席を合わせれば二百人ほどは入る。後ろの通路には立ち見まで出て、大入りになった見物客の目という目が舞台に注がれていた。

小雛太夫の美貌を拝めるうれしさ。これからどんなことが始まるんだろうという、わくわくした気持ち。ふだんの暮らしから解き放たれた、のびのびした心地。

そういう浮き立った気配のみなぎる場内が、通路の脇に控えるおはつはたまらなく好きだった。

舞台上には、水茶屋を模した大道具が組まれており、小雛太夫が毛氈(もうせん)の敷かれた床几(しょうぎ)へ腰掛け、客席を正面に見ている。水茶屋の軒先には丸提灯が連なり、床几のかたわらには徳利と杯の載る盆があった。左右には燭台が配されている。

小雛太夫が手にした扇子を開き、額にあてて斜め上を見上げた。

「ここは両国広小路、大川ほとりの水茶屋にて、振り仰ぎたる夜空には、夏の納涼の大花火――」

ふたたび後見の口上が入り、楽器が鳴った。ドドン、ヒューッ、シャラシャラシャラ。

小雛太夫の視線の先に、見えるはずのない花火が揚がる。

と、手前左の燭台から一筋の水が噴き上がった。高さはおよそ三尺ばかり、白糸のような水柱に、客席を埋めた頭がどよどよと揺れる。

「水が引きます」

客席に向き直った小雛太夫が鈴のごとき声を響かせ、扇子を燭台にかざすと、水柱がだんだんと低くなり、やがてすっかり引っ込む。

「水が上ります」

扇子を持ち上げるると、動きに呼応して水の勢いが増した。そこからはもう、小雛太夫の操るままに、水柱が伸びたり縮んだりする。割れんばかりの拍手と歓声を、華やかなお囃子が盛り立てた。

「おい、おばさん。そこのおばさん」

二間ばかり先の桝席で、職人風の男が手を掲げていた。

「はい、ただいま」

おばさん、おばさんって、幾度も呼ばなくとも聞こえてるよ。胸の内でいい返しながら、おはつは腰をかがめて近づいていく。男だって三十代半ば、おはつとおっつかっつである。

「煙草盆と茶を頼めるかい。それから、座布団も。尻が痛くってね」

「そうしますと、締めて十二文になりますね」

おはつが手のひらを上に向けて突き出すと、男は懐から銭差しを取り出しながら、顎で舞台を示した。

「どういう仕掛けになってるんだい。おばさんも、ここで働いてるなら知ってるんだろ」

「旦那、そんなこと申し上げたら、元も子もございませんよ」

さらりと応じて銭を受け取った。いったん奥へ回り、注文の品を揃えて男の席へ運ぶ。

水からくりは大詰めにさしかかり、左右の燭台ばかりでなく徳利や杯、軒先に吊るされた丸提灯からも水柱が立っていた。

すべての演目が終わり、はね太鼓がしまいの客を送り出したのは、それから一刻ばかりのちであった。ちなみに梅川一遊斎一座の舞台は、曲独楽の第一部、水からくりの第二部、一遊斎太夫による手妻の第三部から番組が成っている。

客が帰ったあとも、舞台では大道具を動かしたり、本番で段取りがうまくいかなかったところを演者どうしが話し合ったりと、小屋はがやがやしていた。とりわけ、水からくりの仕掛けは大掛かりで、水のたっぷりと入る木桶が天井の近くに幾つも据えてあり、そこから舞台の下まで樋が掛け渡されているので、樋そのものや繋ぎ目の修繕などで金槌の音がのべつ響いている。

舞台に近い席の座布団は、水をかぶって濡れていた。水を吸った綿は重い。十枚ほどの山を抱えたおはつは小屋の裏手へ出て、地面に敷いてある莚に一枚ずつを並べた。客席に引き返し、それを三回ばかり繰り返す。

雲の切れ間から薄陽が射しているが、あと半刻もすれば日も暮れる。明日の客を迎える前に三十枚の座布団に火熨斗をあてている己の姿が頭に浮かび、しぜんとため息が洩れた。

小屋に戻り、客が食い散らかした弁当の入れ物や湯呑み、煙草盆などを片付けていると、小雛太夫が楽屋から出てきた。裃を脱いで絽の定紋付に着替えている。

「太夫、本日も大入りでござんしたね。前の方にいた若え連中は、ここんとこ毎日、顔を見せておりますが、おおかた太夫を目当てに通ってきているんでしょう」

「太夫、明日もよろしく頼みます」

楽屋口へ向かう小雛太夫に、座員たちが声を掛ける。おはつも腰をかがめた。

「太夫、お疲れさまでございます。あの、少しばかりよろしゅうございますか」

「おや、おはつさん。御贔屓から大川の屋形船に招ばれていましてね。話は手短に頼みますよ」

立ち止まった小雛太夫の、白い顔が振り向く。化粧もごく薄めに直されているが、十八歳の肌にはまばゆいほどの張りがあった。

「じゃ、遠慮なく申し上げますが、水柱に扇子をかざす間合い、あれをいま少し工夫なすってみてはいかがでしょう。こう、クッと間を溜めて、スッとかざす。動きにめりはりがつけば、水の出し入れを加減する裏方もきっかけを摑みやすくなりますし、扇子に水があたってしぶきが客席へ飛び散ることもなくなると……」

「ちょいと、誰に向かって口をきいてるんだい」

椎の実のような目に、怒気が宿っていた。

「若い時分は客の前に立ってたと聞いてるが、わっちが生まれる前の話だろ。いくらか芸をかじったことがあるといって、とやかく指図するのはよしてもらいたいね。ばあさんはすっ込んでな」

悠然と楽屋口から出ていく小雛太夫を、座員たちが凍りついた表情で見送っている。

おはつは肩をすくめた。おばさんはともかく、ばあさんと呼ばれたのは初めてだ。

二

「へえ、大工さんなんだ。その人」

さやいんげんの筋をせっせと取り除きながら、おはつは娘のおちかへ目をくれた。

「勇吉（ゆうきち）さんは十二のときに大工の親方に弟子入りして、今年で二十二。お礼奉公をすませたら来年は一本立ちして、親方の家を出るそうよ。といっても、当座は親方に仕事を分けていただくの。そこで仕事ぶりを認められて、別のお客につないでもらえたら、自分のお得意先ができる。そうやって、出入り先を増やしていくんですって」

「ふうん」

「このあいだ、親方って人にも会ったの。勇吉の腕については俺が請け合う、細かいところにも気配りできるやつだから、食っていくのに困りはしねえって」

「ずいぶんと見込まれてるんだね。でも、実の母親に挨拶するより先に、血が繋がってもいない親方にお前を引き合わせるんだ」

「違うってば。お店のお遣いに出されたところへ、普請場から戻ってくる勇吉さんと親方に出くわしたの。たまたまよ」

「たまたまねえ。で、どうやって知り合ったんだい」

「だ、か、ら。お店の隠居所を修繕するのに、勇吉さんが出入りしてたのよ。去年の秋に吹いた大風で庭に植わってる松の枝が折れて、軒先と縁側を傷めちまって。さっき話したこと、聞いてなかったの」

おちかが口を尖らせる。ぷうっと膨らませた頬が、白桃のようだ。

「聞いてたさ。でも勇吉さんは隠居所、お前は台所。持ち場がまるで違うじゃないか」

「大工さんが弁当を使うときに、お茶を出すでしょ。空になった湯呑みを、勇吉さんが台所へ下げにきたの。わたしは棚の上に載ってる籠(かご)を取ろうと、つま先立ちになってたね。手が届かなくて弱ってたら、ひょいと降ろしてくれたのよ」

薬研堀(やげんぼり)にほど近い、おはつの長屋である。おちかは三年前、近所にある油問屋の台所で働く住込み女中になった。自分で奉公先を見つけてきて、ここを出ていったのだ。

ひとり娘がそんなふうに己の許を離れていくとは意外だったが、表に用事があるときなど、長屋に顔を出してくれるので息災にやっていることはうかがえる。

とはいえ、こんなのでお店の台所女中が務まるのかね。

框(かまち)に腰掛けたおちかは、手の届くところにあるさやいんげんの笊(ざる)には目もくれず、あかり取りの窓から入ってくる光をのんびりと見つめている。

「それでね、おっ母さん」

視線を戻したおちかが、やけに神妙な顔つきになっていた。

「所帯を持ったら、おちかのおっ母さんも一緒に住めばいいって、勇吉さんがいってくれてね」

おはつは手を休め、声を低めた。

「お前、もう夫婦約束をしちまったのかい」

「ううん、まだ」

「だけど、いきなりそんなこと、いい出さないだろ」

「いつとはいわないけど、いずれそのうちって意味じゃないの。いちいち気にしすぎよ」

おっとりと手を振るおちかの顔を、じっと見る。

「気をつけるんだよ。男ってのは、いつおかしな気を起こすかわからないんだから」

棚の前でつま先立ちになった娘の、白い踵と丸く盛り上がった尻の形が瞼に浮かんだ。

「なによ、その目。勇吉さんは、おっ母さんが思ってるような人じゃないわ」

「手ぐらい握られたでしょ」

「変なおっ母さん」

ついっと、おちかが目を逸らす。

ふむ、手は握られたね。手の次は唇、唇の次は……。うぶな娘がぽうっとなっているあいだにおなごのいっとう大切なものは奪われて、すると娘はもっとのぼせ上がって、気づいたときにはにっちもさっちも身動きとれなくなっている。このあたしがいい例だ。

おちかの父親、秀松（ひでまつ）と出会ったのは、おはつが二十歳のときだった。おはつは梅川一遊斎一座では少しずつ名の売れ始めた娘太夫で、水からくりの芸を得手にしていた。いまの小雛太夫みたいな按配だ。

当時は一遊斎の下で軽業を演じていた男がよそへ引き抜かれて人手が足らず、一門の別の一座から助っ人によこされたのが秀松だった。秀松はふだんから愛嬌のある男で、舞台に上がるとぱっと明るさを放つ。華があった。

どうしたら、あんなふうにお客の目を引きつけられるんですか。気を逸らさせない秘訣って、あるんでしょうか。

楽屋で問いを重ねるおはつに、秀松は答えをはぐらかさずに手の内を明かしてくれた。ひとつの芸にこだわらず、名人上手と呼ばれる人たちの技にまんべんなく触れることだと教えられ、ならばとおはつは秀松を芝居小屋や寄席に誘った。帰りがけに茶屋へ上がり、いま見てきたことを語り合う。深間にはまるのに、時は掛からなかった。子を身籠ったようだと恐る恐る告げたとき、「産んでくれ。所帯を持とう」と秀松は即座に応えた。いくらかややこしい手続きを踏んで、秀松は元の一座を抜け、一遊斎一座へ正式に籍を移した。腹の大きくなった娘太夫というのも興がないので、おはつは裏方へ回ることになった。

おはつの父親は、水からくりの師でもあるが、その時分は小梅村に引っ込んで隠居暮らしをしていた。ふたりで挨拶に出向き、かくかくしかじかでと話したら、仕込んでやった芸をぞんざいに扱いやがってと、秀松ではなくおはつに張り手が飛んできた。

そうこうして生まれたのが、おちかである。おはつは同居していた秀松の母親に赤子を預けて舞台に立とうと算段していた。

半月後、台所の土間で姑がひっくり返った。乳飲み子と、卒中で躰を思うように動かせなくなった姑の世話が、おはつの両肩にのしかかってきた。舞台どころではなくなったのだ。おはつは裏方からも退き、家のことに掛かりきりとなった。

おちかは襟足の後れ毛が気になるようで、しきりに指先で撫でつけている。

「お前には、長唄のお師匠さんになってほしかったんだけどなあ。おちかちゃんは筋がいいって、お師匠さんも太鼓判を押してくれてたのに、おっ母さんに黙って稽古をやめるなんて」

「また、その話」

おちかがうんざりしたような目をおはつに向けた。

「だってさ、九年前に巡業先の大坂で流行病に罹ったお父っつぁんが死んで、おっ母さんはお前と祖母ちゃんを食べさせるために一座の裏方に戻って……。若い時分にもっと身を入れて三味線の稽古をしておけばと、あのときつくづく思ったんだよ。そうすれば、人にこき使われることもなかったのに」

秀松が亡くなったのち、長いこと寝たり起きたりであった姑も、三年前にあの世へ旅立った。

「ほんとは舞台に戻りたかったんでしょ。水からくりの」

「しばらく離れてたら、勘が鈍るんだよ。それに肥えちまって」

おはつは帯の下にはみ出した肉をつまんで見せたが、おちかは笑わなかった。

「とにかく、わたしはかわいい女房になって、勇吉さんと仲むつまじく暮らしたいの。いざとなったら、傘張りでも針仕事でもするわ」

おはつが黙っていると、おちかの声が和らいだ。

「勇吉さんは、実のおっ母さんを小さい時分に亡くしていてね。どうにも親孝行がしたいのよ。その気持ちは、わたしもありがたいと思ってる。でも」

いいさして、ぐっと目を上げた。

「おっ母さんはいいけど、あの人の面倒は見ないわよ」

三

長屋の腰高障子が、ガタガタッと音を立てた。

「あれ、開かねえな」

表で新三郎(しんざぶろう)の声がしている。

おはつは土間に下り、腰板の縁に手を添えて少しばかり浮かせぎみにした。そのまま横にずらすと、戸はすんなりと動く。

「力任せに引っ張っても駄目だって、このあいだいったでしょ」

「大家に直してもらうんじゃなかったのかい」

「掛け合ったけど、ちょっと加減すれば開くんだからいいじゃないか、ですって」

「なんだよ、横着な大家だなあ」

框を上がった新三郎は縞の着物の裾を左右に捌き、部屋の中ほどに出ている行燈(あんどん)のかたわらに胡坐をかいた。半月ほど前に大雨が降って路地が水浸しになったことがあり、それからこっち、戸の滑りがあまりよくないのだ。

夜五ツの鐘が聞こえていた。

「遅くにすまねえな。こんど挿絵を頼まれた本に、蛸薬師の場面があるってんで、作者に誘われて目黒まで行ってきたんだ。片道二里半を往復させられて、酒の一杯でも馳走してくれるかと思っていたが、日本橋に戻ったところで急に約束を思い出したとかで、あっさりさようならだと。人を虚仮(こけ)にしてら」

「おや、何も食べてないのかい」

おはつは香の物と冷や飯で茶漬けをこしらえると、茶碗と箸を盆に載せて部屋へ運んだ。

「ありがてえ」

胸の前で手を合わせ、新三郎が箸を取る。

行燈の脇に広げてあった縫い物を片付けながら、おはつはおちかの話をした。

「へえ、あの子が嫁にいくのか」

香の物をぱりぱりと噛み砕いている新三郎が、目を見開く。

「まだ、はっきりとはいえないけどね。ふたりで挨拶にきたわけでもないし。でも、相手の人――大工さんの親方には、引き合わせてもらったって」

「それじゃあ、決まったようなもんだ」

おはつが新三郎とつき合うようになったのは、二年ほど前である。初めのうちは新三郎が三日にあげず通ってきたので、奉公先から訪ねてくるおちかとも、幾度か顔を合わせていた。

「所帯を持ったら、おっ母さんも一緒に住もうなんていわれちまったよ」

おちかに持ち掛けられたときはそうでもなかったのに、誰かに話すとくすぐったいような心持ちがした。だが、新三郎の面倒は見ないといわれたことは、口にしなかった。

茶漬けを掻き込んだ新三郎が、茶碗と箸を盆に戻した。

「気のいき届いた大工じゃねえか。で、おっ母さんはどうするんだい」

「あたしはとうぶん、ここにこうしているつもり。若夫婦のお荷物になるのは御免だよ。そもそも、まだそんな齢じゃないし」

「ふ、そうだな」

新三郎の声が湿りを帯びた。行燈の灯がふっと吹き消され、生温かい感触に唇をふさがれる。糠味噌の匂いが口に広がった。膝が崩れて着物の裾がめくれ、腿のあいだに熱い手が割り込んでくる。

自分でも帯をわずかに弛め、おはつは男に身を預ける。

新三郎とは、柳橋にある居酒屋で知り合った。その日は見世物小屋が大入りで祝儀が出たので、おはつは裏方の座員たちと店の暖簾をくぐったのだ。女はおはつひとりだった。

小上がりの座敷には幾つかの飯台が並べてあり、おはつたちが通された飯台の隣では三人の男が酒を呑んでいた。

何がきっかけだったかは覚えていないが、小道具係を務める男が隣の飯台で呑んでいるひとりと打ち解けて、三人が歌川派の浮世絵師であることが明らかになった。

「あ、『猫じゃらしをんな八景』だけは知ってる。これでも絵はわりあい好きで、絵草紙屋を時どきのぞくんだけど、いろんな身分の女と猫の取り合わせが絶妙で、一目で気に入ったんだ。そうかい、兄さんがあの絵を。ぜんぶ持ってるよ」

「八枚ぜんぶを揃えてくれたとは嬉しいね」

三人の中でもっとも口数の寡い男が、はにかむような笑みを浮かべた。おはつよりもだいぶ若い。白い歯がのぞくと、人懐っこい感じになった。

八枚組のその美人絵は、じっさい世間の評判も上々だったそうだ。ひとつの絵柄につき二千枚も売れれば版元もほくほく顔になるところ、三千枚まで版を重ねたという。

初めに小道具係とやりとりした男が、口を入れた。

「姐さん、この新三郎は桶屋の倅でしてね。ほんとは木槌を握ってトントンやらなきゃいけなかったんだが、がきの時分から絵ばっかり描いてて、とうとう親父の許を逃げ出して、絵の師匠のところに転がり込んだんだ。おいらも、いまひとりのそいつも、似たようなもんですがね。しかし、一本立ちしたのも同じ時期だってのに、こいつの猫じゃらしだけが売れて、ちくしょうめ。絵の道ってのは、才と腕で切りひらいていくよりないと了簡しちゃあいるが、険しいもんですよ。けどまあ、こうして酒が呑めるのも、猫じゃらしのおかげなんだけれども」

やっかみとも愚痴ともつかぬ酔っ払いの繰り言に、二つの飯台で笑い声が上がる。

新三郎は懐から小さな画帖と矢立を取り出し、おはつの似顔を描いてくれた。

「絵を買ってくれたお礼といっちゃ何だが、もらっておくんなさい。歌川の一門には名だたる兄弟子たちが連なっているが、俺だって猫じゃらしよりもっと大きな当たりを取って、別の一派を立てるくれえの売れっ子になりてえんでさ」

穏やかな目に、野心がぎらりと光った。その光は、おはつの胸をわし摑みにした。

「なれるとも。あたしにも、陰ながら力にならせておくれ」

酒に酔った勢いで、おはつは新三郎の手を握っていた。天辺へ駆け上がっていくこの若者を支えてやりたい。天井に皓々ともる八間（はちけん）のあかりが、これからとらまえにいく星に見えた。

新三郎たちは先に帰っていったが、お互いの仲間に気づかれぬところで、次はふたりきりで会う約束ができあがっていたのである。

躰の上で荒い息をしている新三郎の頭を、おはつは乳房に抱き寄せる。慈悲深い観音様になったような心持ちがした。だが、絵筆を巧みに操る指先で下腹の繁みの奥をこねられ、ひらかれ、貫かれると、ただの女に成り下がる。

ふたりきりで会う約束をしたとはいえ、十も齢下の男と深間になろうとはつゆほども思っていなかった。秀松を亡くしたのち、幼いおちかと寝たり起きたりの姑を食べさせるのに精いっぱいで、長らく己をかえりみる余裕もなかったのだ。

綺羅で飾り立てた太夫の衣装をまとい、自分を目当てに小屋へ通ってくる客の前に立つ。そんなふうに、ひと頃は花を誇ったものだが、子を身籠って舞台から身を退き、家のことに掛かりきりとなっているあいだに花はしなびて散り、やがて葉や茎も朽ち果てた。

しかし、それは手前ひとりの思い込みだったのかもしれない。土の中では根っこが生きていて、新三郎の丹精により、おはつは新たな芽を吹いたのである。

齢の差は、新三郎にはさほど気にならなかったようだ。「夫婦になって、ふたりで天辺を目指してえ」と申し込まれたが、おはつは取り合わなかった。

所帯なんか持ったら、あのぎらぎらした光が薄まってしまう。糠味噌くさい日々の暮らしが奪っていくものを、おはつは身に沁みてわかっている。

新三郎の望みをかなえるのが、己の望みだ。女房になりたいわけではない。男が天辺に輝く星をとらまえたときこそが、我が身の引き際と割り切っていた。

それでいて、甘やかな蜜をいつまでもむさぼっていたくもあるのだった。新三郎と出会ったのは、何年も床についていた姑が息を引き取り、ほどなく住込み奉公を始めるおちかが家を出ていって、肩の荷が下りたような、張り詰めていたものがふと弛んだような頃合いだったのだ。新三郎とのことは、人に尽くしてばたばたと明け暮れていった数年間を埋め合わせるために、神様から与えられた俸禄にも思えた。

おはつが新三郎とつき合うことをおちかが受け容れようとしないのは、おそらく齢の差が引っ掛かっているのだろう。気持ちはわからなくもないが、これぱかりはどうしようもない。

おはつに所帯を持つ気がないと知っても、新三郎は別れようとはいわなかった。もっとも、このごろは長屋に顔を見せるのも十日に一度くらいになっている。おはつが新三郎の住まいを訪ねることはない。新三郎は、柳橋の居酒屋で呑んでいた傍輩と借りた長屋に寝起きしているのだ。

激しく燃え上がるようなときめきは以前ほどではなくなったが、心の深いところにしみじみとした情が降り積もっている。二年とは、そういう時間だった。

いつのまにか、隣では頭の下に手を組んだ新三郎が仰向けになっていた。縁側の障子を白く染めている月あかりが部屋に射し込んで、男にしてはほっそりとした鼻筋を浮かび上がらせている。

おはつは躰ごと横向きになり、膝から下を新三郎の脚に添わせた。快楽の余韻が全身を満たしていて、つま先まで火照っている。

「ねえ、何を考えているのさ」

新三郎は目を開き、暗がりを見つめていた。

「俺、このままでいいのかな」

「絵のこと？　それとも、あたしのこと？」

少しばかり冗談口めかすと、苦笑まじりの声が返ってくる。

「絵だよ。茶化さねえでくれ」

『猫じゃらしをんな八景』からこっち、新三郎は当たりに恵まれなかった。美人絵のほかに役者絵や武者絵にも取り組んだものの、手応えはあまり思わしくない。このところは一門の師匠が請け負った仕事を分けてもらい、読本や合巻の挿絵を描いている。

そうしたわけで、時折、弱気の虫が顔をのぞかせた。

「新さんには、才も腕もある。げんに、猫じゃらしはあれだけ売れたんだ。これという画題さえひらめけば、きっと大向こうを唸らせることができるって、あたしは信じてる」

新三郎が後ろ向きなことを口にするたび、おはつは気持ちが少しでも上向くようにと励ましている。

「そうかな」

新三郎が身じろぎした。脚が離れて、おはつの脛にひんやりした空気が触れた。

「先に売り出された絵は、なかなか人気があるんだってね。絵草紙屋によっては十枚、二十枚とまとまった数が捌けてるって……。新さんが話してくれたんじゃないか」

「まあ、それはそうだが」

「新さんの絵には、それだけのお客がついてるってことだよ。みんな、次の絵を楽しみにしてる。待っていてくれるお客がいるんだから、倦まず弛まず、まっしぐらに進めばいいんだ。迷うことなんかないよ」

新三郎は横顔を見せたままだ。

二年のあいだに、わかったことがある。三十七のおはつからすると十歳下の新三郎はじゅうぶん若いが、二十七の浮世絵師はそう若いともいえないのだ。このあたりで猫じゃらしを超える当たり作を出さないと、先々、絵で食べていける見通しも覚束なくなる。

だが、おはつはあのときのぎらぎらした目が忘れられなかった。新三郎には、天辺に輝く星を追い続けてほしい。それを支えるために、己がいるのだ。

「一緒に蛸薬師へ行った本の作者だって、新さんに目を掛けてるから誘ってくれたんだ。実地を見ると見ないじゃ、絵から迫ってくる勢いが違うもの。あ、そういえば」

おはつは身を起こすと、長襦袢の襟許を掻き合わせて壁際にいざった。簞笥の引き出しを開け、手を突っ込んで巾着袋を取り出す。

「金魚と女を取り合わせた揃い物を描きたいって、この前いってただろ。いっそのこと、ぜんぶその筋の妓で揃えたらどうだい。吉原はもちろん、根津に辰巳、品川とか千住なんかも組み合わせて」

二分金を幾枚か並べると、新三郎の頭が持ち上がった。

「おい。いいのか、そんなに」

「これじゃ根津で遊ぶくらいにしかならないだろうけど……」

「娘さんの嫁入り支度で、何かと物入りなんだろう。このあいだ見世物小屋へふたりで行ったときも、木戸銭から菓子代まで出してもらったし」

声にためらいがあった。絵を描く肥やしになるならと、おはつは折にふれて小遣いを渡したり、連れ立って出向いたりしている。

「おちかの嫁入り支度は、亡くなった亭主が遺してくれたのを別にしてあってね。いずれは入り用になるものだからって、手をつけずにいたんだよ」

「だが……」

「これはあたしが小屋で働いて稼いだんだ。どう遣おうと、あたしの勝手。とはいっても、どうぞ差し上げますってものじゃあない。新さんが浮世絵師の大御所になったときに、倍にして返してくれればいいんだ。気にせず受け取っておくれ」

月が雲に隠れたのか、新三郎の輪郭は暗闇にのみ込まれている。

「まあ、そういうことなら……。毎度ながら、あいすまねえな」

乾いた声が、ひっそりと響いた。

四

頭上にはためく幟の向こうに、雲の峰がりゅうと湧き上がっている。

両国橋西詰には大川の水面から渡ってくる風があるとはいえ、外はうだるような暑さだ。人々は涼を求め、水からくりが見られる小屋へ通ってくる。

梅川一遊斎一座でも、小雛太夫の稽古が熱を帯びていた。

客を入れる前の土間の桝席で、おはつは湿った座布団に火熨斗をあてていた。陽射しはあっても湿気がすごいので、一晩ではすっかり乾かないのだ。夏の蒸し暑さと手許からくる熱気で、頭から湯気が立ちのぼりそうだった。

何の気なしに舞台のほうへ目をやると、裏方の座員たちが出てきて小雛太夫と話し合っている。このほど小雛太夫は水からくりの新たな芸に取り組んでいるのだが、うまくいっていないようだ。ふだんは舞台上に据え付けられた小道具から水が出てくるが、新たな芸では小雛太夫が手にしている扇子の先からも、水を吐き出させようと試みているらしい。

おはつは、一間ほど離れた場所で桝席の仕切り板に腰掛け、稽古を見守っている一遊斎に声を掛けた。

「座頭、小雛太夫は脇の下に水を仕込んでいると裏方から聞いてますが、何を水の入れ物にしてるんですか」

腕組みをしている一遊斎が、首をねじって振り向いた。五十代半ば、福々しい耳とどっしりした顎に、一座を率いる者の風格が滲んでいる。

「おはつさん、紙ですよ。油紙を何重にも貼り合わせて、袋をこしらえてね。袋から扇子に管を通しておいて、こんな具合に」

一遊斎が脇をきゅっと締める。

「だが、しばらくすると袋が破れて水が洩れる」

「紙ではなくて、獣の革を使ってみたらどうでしょうね」

「というと、馬や鹿のかね。ふむ、悪くはなさそうだ。それはそうと、どうやって思いついた」

「小雛太夫が稽古してるのと同じような芸を、浅草の奥山で出してるんですよ。太夫が持ってる筆の先から水が出てきて、宙に文字を書くんですがね。先だって、知り合いと連れ立って見て参りまして……。で」

いいさして、おはつは火熨斗を台に置くと、仕切り板をまたいで一遊斎に近づいた。

首に垂らした手拭いで額からしたたり落ちてくる汗を拭い、少しばかり腰をかがめる。

「大きな声じゃいえないんですが、水からくりが終わったあと、小屋のうしろへ回って舞台裏を、その、こっそり覗いたんです。どうやら獣の革袋を使っているらしいと、だいたいの見当がつきました」

「おはつさん、あんたそんなことを」

一遊斎がわずかに眉をひそめる。

「そうはいっても、座頭。あんな芸はいままで見たことがありませんからね。どういう仕掛けになっているのか、知りたくなっちまったんです。ほら、あたしの時分にはなかったものですし」

一遊斎はかつておはつが舞台に立っていたことはむろん、秀松との馴れ初めも心得ている。

「獣の革はちょっとばかり臭いますから、そのへんはうまく工夫したほうがよろしいかと。革袋に水が入るとそうとう重くなるでしょうし、太夫は足腰をしっかり鍛えないといけませんね。浅草の太夫は革袋を両脇に仕込んでいたきりですが、お尻にも仕込めば水の勢いが増して、もっと高く噴き上がるんじゃないでしょうか」

「ふうむ、たいしたものだ。さすが、初音（はつね）太夫と呼ばれていただけのことはある」

一遊斎の眉間が開いていた。

「座頭、こっちを見ていてくださいよう」

小雛太夫の声が飛んできた。舞台に顔を向けると、おはつをぎりっと見据えている。へいへい、そんなに睨まなくても、ばあさんはすっ込んでますよ。口の中でつぶやいて、おはつは元の位置に戻った。

その日、おはつが薬研堀の近くにある長屋へ帰ってきたのは、暮れ六ツをいくぶん回った頃だった。暗くなっても興行を続ける小屋はあるが、一遊斎一座は日があるうちにはね太鼓を打つ。場内にともす蠟燭代がかさむし、夜は大川沿いに連なった水茶屋に客を取られるゆえだ。

日が沈んだあたりの空は橙色に染まり、その周りを薄い青紫が包んでいる。八百屋に寄って茄子を買い、路地に入ってくると、おはつの家の腰高障子が開いていた。

土間に立ってこちらに背中を見せているのは、おちかのようだ。部屋の奥に向かって声を投げている。何かを咎めるような、鋭い口調だった。

「どうしたんだい、おっかない声を出して」

後ろから肩を叩かれて、おちかが振り向いた。

路地にはほんのりした明るさが残っているが、家の中は小暗くなっている。部屋では新三郎が腰を下ろしていた。

「なんだ、新さんじゃないか。行燈に灯を入れて待ってればいいのに」

おはつは戸口を入ると、流しの脇に笊を出して茄子を盛り、おちかに向き直った。

「お夕飯、食べていけるかい。いま支度するから」

「お店で食べるからいらない。おっ母さんに勇吉さんと会ってもらう日取りを決めにきただけだもの」

おちかが苛立たしそうに応じる。

「じゃ、お茶を飲んでおいき。ちょいと待って、その前に行燈……」

框に上がろうとすると、袂を引っ張られた。

「おっ母さん。その人、盗人よ」

袂を摑まれたまま、おはつは娘の顔をのぞき込んだ。長いまつ毛にふちどられた双眸が、濡れたように光っている。色の白い肌が、心持ち蒼ざめて見えた。

「何をいい出すんだろうね、この子は」

「さっき戸を開けたら、そこの、簞笥のいちばん下の引き出しに入ってる巾着袋から、お金を盗ってた。わたし、見たんだもの」

おちかが袂から手を離し、部屋の壁際を指で差す。

「あんたの娘がいう通りだ。少しばかり拝借させてもらったよ」

新三郎は自分のしたことをすんなりと認めた。暗くて表情がうかがえないが、声には開き直るような響きがある。いままでこういうことはなかったものの、遊郭や岡場所にいる妓の絵を描くのに元手が足りなくなっただろうことは、容易に察しがついた。

おちかは口を引き結び、目瞬きもせずおはつを見返している。まっすぐなその眼差しには、おはつも身に覚えがあった。秀松との行く末しか見えていなかった時分の、己の目だ。懐かしくて、胸がひりひりする。

おはつは浅く息を吐いた。新三郎との関係は、くっきりと線を引いて形に示せるようなものではない。ほんの子供だと思って、おちかに正面きって話すことは避けてきたが、このあたりで大人の男と女は十七の娘が考えているほど底が浅いものではないのだと、知らしめてもいいのかもしれなかった。

「あのね、おちか。新さんが浮世絵師なのは話したでしょ。絵ってのは、頭の中だけで描けるもんじゃない。じっさいにその目で見て、手で触れたものを描いてこそ、味わいのある絵になるんだ。それを後押しするためのお金だとおっ母さんは了簡してるし、盗られたなんてお前にいわれるのは心外だね」

おちかの目にある光が強くなった。

「だけど、その人の絵はちっとも売れてないじゃないか。絵草紙屋の店先でも、目立つところに置いてなかったもの。おっ母さん、たかられてるのがわからないの？」

「なっ、何てことを」

「いいかげん、縁を切ったらいいのに。そんな、ダニみたいな男」

「お、おちか……」

娘の口から、かくも悪意ある言葉が放たれようとは。

とっさには返事ができない。

「ああもう、よしねえ」

新三郎が腰を上げて奥から出てきた。土間の草履に足を入れ、框に金子を置く。ちゃり、と音がした。

「すまなかったな、こいつは返す」

「いいんだよ、持っておいき。天辺を取って、売れっ子になるんじゃないか」

おはつは金子を掴み上げ、新三郎の手に押し付ける。

しばし逡巡したのち、新三郎は金子を懐にして戸口を出ていった。

半月後、おはつは小屋から休みをもらって墓参りに行った。秀松の祥月命日である。浅草の小さな寺院がひしめく通りにある花屋で花を買い、墓前に手を合わせる。寺の山門をあとにして、蔵前のほうへ抜けようと、おはつは黙々と歩いた。青い空には真夏のお天道様が輝き、汗だらけになった着物が背中に張りつくのが不快だった。

あの日から、新三郎の顔を見ていない。半月くらい会わないことなど、ないでもなかったが、どことなく気に掛かった。戸口にうっすらと下りてきていた宵闇の中で見た表情が、いつになくこわばっていたのだ。

おちかにいわれたことが、気に障ったに相違ない。会ってきちんと詫びたいが、浮世絵師の傍輩と借りているという住まいを訪ねるのはためらわれる。

やがて、堀田原（ほったはら）の馬場の脇へ出た。夏の陽をさえぎるものもなく、馬場に沿ってのびる通りは白く乾いている。風はなく、蟬の声が降りしきっていた。

ひとつ、ふたつ見えている人影が、地表から立ちのぼる熱のせいか、ゆらゆらと揺らめいている。通りの先には、水溜まりのようなものもあった。

水溜まりの向こうから、肩に天秤棒を担いだ笊売りが歩いてくる。どうも商いを始めて日が浅いらしい。天秤棒の両端にぶら下がっている笊や味噌漉し、大小の籠といった品々の重みに躰が持っていかれて、足の運びが危なっかしかった。

すれ違うとき、編み笠に隠れている男の顔をそれとなくうかがって、おはつは目を疑った。

「ち、ちょっ。新さん……」
四、五歩と行き過ぎた男が、そろりと振り向く。
「新さんだろ。何をやってるんだい、こんなところで」

やや間があって、男が肩に担いだ荷を地面に下ろし、ゆっくりと編み笠を持ち上げた。

「何って、見ての通り、笊を売ってるのさ」

正真正銘、新三郎である。ふてぶてしいほど落ち着き払っていた。おはつのほうが、むしろうろたえている。

「絵は。金魚と女の揃い物を描くんじゃなかったのかい」

「絵は、やめた。ダニ呼ばわりされてまで、描くことはねえもんな」

皮肉な口調だった。

「やっぱり、おちかのいったことに腹を立ててるんだね。あんなの、気にするんじゃないよ。あの子の見た絵草紙屋ではほかの人の絵が売れてたかもしれないが、げんに新さんの絵が十枚、二十枚と売れてる店だってあるんだし」

「売れてるって、ひとりで十枚も二十枚も買い込む客がいれば、そりゃあそうだろうよ」

新三郎の口許に奇妙な笑いが浮かんでいるのを目にして、おはつは、はっとした。

「よもや、あれを目にしたんじゃ」

「ああ、見たとも。あんたの箪笥の引き出しに、俺の絵が山ほど収まっているのをね。しかも、同じのが何十枚も。いったいどういうことなのか、裏の経緯に思い当たるまで、ちょいと時を食っちまった。ぼんやりしていたせいで、巾着袋に手をつけたところをあんたの娘に見つかったんだ」

おはつは言葉に詰まった。脳裡に、絵草紙屋の主人とのやりとりがよみがえる。

「お前さんも毎度、同じ絵ばかり買って物好きなことだ。新三郎は、筆は小器用なんだがねえ。『猫じゃらしをんな八景』みたいに、このごろはこう、絵が吠え掛かってこねえのよ。少々粗削りでも、その荒くれたところがよかったのに。肚にぐつぐつ沸いてたものが、涸れちまったのかねえ」

絵草紙屋の主人は、顔馴染みになったおはつに、そういったのである。

「俺の先行きには見込みがねえって、あんたも気づいてたんだろ」

「そ、そんなこと」

思わず近寄り、新三郎の腕を取る。

「新さんは、これからまだ巻き返せる。大きな当たりを取って天辺に立つんだって、一門の大御所になるんだって、あたしに約束してくれたじゃないか。ここで諦めたら、これまで積み上げてきたものが水の泡に……」

新三郎がおはつの手を振り払った。

「天辺、天辺って、息が塞がりそうなんだよ。俺の気持ちなんか、わかろうともしねえくせに」

「新さん……」

何かの痛みをこらえるように、新三郎の顔が歪んでいた。

「絵にはきっぱりと見切りをつけた。だが、いまさら親父のところにも帰れねえし、物売りくらいしかできることがねえ。あんたに出してもらったお金は、この商売を始める元手にさせてもらったよ。こうして担い売りをしてはいるが、いずれは表にちゃんとした店を構えてえ。それが、いまの俺が目指す天辺だ」

吐き捨てるようにいうと、新三郎は笊の荷を肩に担ぎ、よたよたした足取りで遠ざかった。

お天道様がじりじりと照りつけていた。通りの先には水溜まりがあるように思ったが、じっさいにそれらしきものは見当たらない。あるのは、干からびた地面きりだった。

五

お盆を過ぎると、昼日中の暑熱が夜まで尾を引くこともなくなり、日が傾くとどこからか涼しい風が吹いてくるようになった。

「この戸を開けるには、ちょっとしたこつがあってね」

表でおちかの声がすると思ったら、腰高障子がわずかに持ち上がり、横へ動いた。

「おっ母さん、勇吉さんを連れてきたわよ」

部屋で膳の向きを加減していたおはつは、框へ出て膝をついた。

土間に入ってきたおちかが、うしろを振り返って手招きする。

「さ、こっちに」

がっしりした躰つきの男が、おずおずと戸口に立った。夕陽が背中から射して、男を見ていると、勇吉がわずかに頭を低くした。

「お前さんが、勇吉さんかい。おちかがどうもお世話になってます」

框に指先を揃えたおはつが腰をかがめると、勇吉がわずかに頭を低くした。

「ッす」

はて、酢と聞こえたようだが、それとも、巣だろうか。首をかしげているおはつをよそに、おちかが履き物を脱いで部屋へ上がる。

「わあ、おっ母さん。こんなにこしらえてくれたの」

「お前は何だね、子供みたいにはしゃいで」

いぶかしく思いながら、腰を上げる。一遊斎に断りを入れていつもより半刻ほど早めに仕事を上がらせてもらい、長屋で若いふたりをもてなす膳をととのえたのだった。おちかは奉公先の計らいで、今晩はここに泊まってよいことになっている。

部屋の行燈には灯が入っていた。おちかの隣にかしこまった勇吉が、鯵の塩焼きや冬瓜(とうがん)の煮物などが並んだ膳をのぞき込み、目を見張っている。

「うまそうッすね」

それを聞いて合点がいった。酢でも巣でもない。当人は「恐れ入ります」とか「ありがとうございます」といっているつもりが、おはつにはしまいの音しか聞こえなかったのだ。

　勇吉は眉が太く、小鼻が横に張った面構えをしていて、よくいえば純朴、ともすると無骨そうに見える。着物の上からでも、肩がみっしりと肉に覆われているのがわかった。

「勇吉さんは、お酒を呑むだろう。いま、お燗をつけるからね」

「おっ母さん、勇吉さんはお酒を呑まないの。呑むと頭が痛くなっちまうのよ」

　勇吉が返事をするより先に、おちかが応じる。

「でも、せっかくの初顔合わせなんだし、ちょっとくらい。お湯も沸かして、支度はできてるんだ」

「あの、少しだけ、いただくッす」

「そう、遠慮しなくていいんだよ。おちかは大げさなんだから」

　おはつは台所に行き、七輪に掛けた鍋で沸いている湯に燗徳利を浸けた。背中でおちかの声がしている。

「もう、気を遣って……。無理しちゃだめよ」

　燗のついた酒を部屋へ運び、勇吉に猪口を持たせて注いでやると、勇吉は一杯呑んだだけで顔を真っ赤にし、こめかみを手で押さえた。娘の言葉が大仰ではなかったと気づいたおはつは、残りの酒をまるまる引き受けることにして、自分の猪口に燗徳利を傾ける。

ほどなく、勇吉はひと息ついたようだ。箸を取って膳のものを食べ始めた。おかずを口に入れては「ッす」と発して、別の皿へ箸を伸ばす。おそらく、うまいッす、だろう。天晴れな食べっぷりだ。

深川の指物師（さしものし）の家に生まれた勇吉は五人きょうだいの三番目で、いまは家業を継いだ長兄が父親の面倒を見ているという。母親は、勇吉が十歳のときに病で他界した。姉とふたりの妹がいて、いずれも近場の小商人や職人の許に嫁いでいる。

そういったことのほとんどを喋ったのは、おちかであった。勇吉は時どき相づちを打つくらいで、あとは黙々と箸を動かしている。胡瓜と茗荷の糠漬けを気に入ったらしく、ご飯を三杯もお代わりした。

茗荷の糠漬けは酒にも合い、おはつの手酌も進む。

なんとなく、あてが外れたような心持ちであった。大工というのは威勢がよくて、受け応えもはきはきしていて、頼もしいものだと思っていたのに、目の前にいる男はどうということもない、単なる大飯喰らいである。

酒を舐めながら、おはつは勇吉を値踏みする目になっていた。この前のおちかの口ぶりでは、大工の親方も太鼓判を押しているふうな話だったが、そうとう下駄を履かせてもらったのではないだろうか。新所帯におはつを引き取ってやってもいいと口にしたともいうが、にわかには信じがたい。

おちかはすっかり女房気取りで、勇吉の茶碗にご飯をよそってやったり、台所へ行って小皿に醤油を分けてきてやったりしている。

そんな娘の姿を眺めていたら、気を揉んでいる己が、にわかに滑稽に思えてきた。

「あーあ、悔しいな。仲のいいところを見せつけられて、うらやましくなっちまった」

そういって口許を手の甲で拭うと、勇吉がきょとんとした顔を向けた。小さくて黒々とした目が、貂を連想させる。いかつい躰にはおよそ不似合いな愛らしさで、おはつはけらけらと笑った。

「おっ母さん、酔っ払ったの？」

おちかが立ち上がり、おはつのかたわらへ回り込んでくる。

「まあ、この湯呑みに入ってるの、お酒じゃない。てっきり水かと」

「だって、勇吉さんが呑むと思って、五合も買っておいたんだもの」

燗徳利の酒はとうになくなり、おはつは空になった皿を流しへ下げるついでに、湯呑みにひや酒を注いできたのだった。ひゅっと、しゃっくりが出る。

「このへんでやめておきなさいよ。蒲団を敷いて、横になれば」

肩口におちかの手が添えられた。着物越しに、ぬくもりがじんわりと伝わってくる。やっぱり女の子はいい。娘に介抱される心地よさと同時に、娘がいつのまにか大人になっていたことへの寂しさが生じた。

「ひとりで大きくなったような顔して、お前のおしめはあたしが替えてやったんだよう」

「はいはい、おっしゃる通りですよ。湯呑みを片付けるわね」

おちかの手を払いのけるようにして、おはつは上体を前に出した。

「勇吉さん、おちかが赤ん坊の頃は夜泣きがひどくてね。見世物小屋から疲れて帰ってくる亭主が嫌な顔をするもんだから、この子をおんぶして家のまわりを何周もして、それでも泣き止まなくて途方に暮れましたよ。それが物心つく頃からは、床についている祖母ちゃんの面倒をよく見てくれるようになりましてね。ほんとうに、心のやさしい子で……」

わけもなく胸が詰まり、目から涙があふれてくる。

「やだ、こんどは泣いてる」

「ああ、あのとき祖母ちゃんが倒れさえしなかったら、あたしも舞台に戻れたもののまったく、とんだ貧乏くじを引いちまった。お前にしたって、そうだ。あたしが身を粉にして働いて、手習いに通わせたうえに三味線のお師匠さんにもつけてやったのに、やめちまってさ。それで住込み奉公をするといって、家を出ていくんだものねえ。ほんと、あたしのやってきたことは何だったんだろう。人に尽くしてばかりで、自分には何も残らない。これじゃ一生を棒に振ったようなもんだ」

「おっ母さん、自分が何をいってるか、わかってるの」

「わかってるさ、わかってますとも。お前はいい子だよ。いい子なのに、新さんにあんなひどいことを」

おちかが小さくため息をつく。

「勇吉さん、ごめんなさい。ふだんはこんなこと、ないんだけど」

「お前、詫びる相手が違うんだよ。新さんに謝っておくれ。お前があんなことというから、新さんは絵の道を諦めたんだ。そのせいで、ここにもこない」

声に洟が混じる。新三郎とは割り切ったつき合いだとわきまえていたはずなのに、じっさい音沙汰がなくなると、胸にぽっかりと穴が開いたようだった。

おちかの手が、肩口からすっと離れた。

「そうやって、おっ母さんはいつも人のせいにする。自分の思い通りにならないからって、その責めを人に押しつけるのはやめて」

「あ、何だって」

ざらりとしたものが、肚に動いた。

「太夫を続けたかったんなら、お父っつぁんに掛け合って、何が何でも芸の道にしがみつけばよかったんだ。おっ母さんが自分のことから逃げたから、何も残らないと思うんじゃないの」

こつんと、何かが胸に打ち当たった気がした。どういうわけか、おはつはおちかの目をまともに見ていられなくなった。

「ふ、ふん。親に向かってえらそうに。お、お前みたいな小娘に、あたしの気持ちがわかるもんか」

「だったら、お前のせいで貧乏くじを引いたとか、一生を棒に振ったとかいわれる、わたしの気持ちにもなってよ」

「……」

「おちかちゃん、そのくらいにしておきな」

勇吉がぼそりと口を入れ、おちかが鼻白んだ表情になった。

「お店に戻るわ。この時分なら、まだ誰かが起きてるから」

おちかと勇吉が帰ったあと、おはつはしばらくのあいだ畳に坐り込んでいた。酒の酔いは醒めたが、胃ノ腑の裏がわずかに重い。

どこかで虫の声がしている。季節がうつろったのだと思った。

膳の上の皿小鉢をのろのろした手つきでまとめ、腰を上げて流しに下げる。洗い桶の水に器を沈めながら、洗うのは明日の朝にしようかと迷っていると、腰高障子がガタガタッと鳴った。

「し、新さんかえ」

濡れた手を引手へ伸ばそうとすると、腰高障子がまるごと外されて、枠の横にぬっと男の顔がのぞく。おはつは心ノ臓が止まるかと思った。

「勇吉ッす」

「あ、ああ。何か」

勇吉は外した腰高障子を入り口の外側に立て掛けると、その場にしゃがんで下に置かれた道具箱の蓋を取った。鉋のような道具を取り出し、入り口の敷居に当てて数回、動かす。それからまた別の道具を手にして、腰高障子にも何やら細工をした。

ほどなく嵌め直された腰高障子は、どこにも引っ掛かることなく敷居の上を滑った。

「へえ、手妻みたいだ」

おはつが思わず感嘆の声を洩らすと、勇吉が照れくさそうに目瞬きした。

「おちかちゃんをお店に送って、道具を取ってきたんッす。いろんなとこが、ちっとずつ歪んでたんで、それで」

なんだ、ふつうに話せるんじゃないか。おちかのお喋りをさえぎらぬよう、聞き役に回っていたのかもしれないね。そう思うと、おはつは勇吉を見直すような気持ちになった。

「さっきは酔っ払って、お見苦しいところを目に入れちまったね。おっ母さんはこんなだけど、おちかは違うんだ。あの子を、嫌いにならないでおくれ」

「大工が酔っ払うと、あんなもんじゃねえッすよ」

勇吉は頓着するふうもなく手を振ると、いくらか思案する顔になった。軒先を見上げ、足許に目を落とし、おはつに向き直る。

「おちかちゃんは、おっ母さんがしゃかりきに働いて自分を育ててくれたことに、たいそう恩を感じてるんッす。だが、やりたくもねえ三味線の稽古をさせられて、お師匠さんになれといわれるのは、辛抱できなかったみてえで。住込み奉公に出たのも、それゆえなんだそうッす。なんか、息が塞がりそうだったと」

言葉を切って、ぼんのくぼへ手をやる。

「こういうの、おっ母さんには話さねえでくれって。これじゃ、おちかちゃんに叱られるッす。でも、隠し事はできねえ性分で……。おやすみなさい」

ひょこりと頭を下げると、勇吉は道具箱を肩に担いで路地から出ていった。

「息が塞がりそうだった、か」

勇吉の消えていった暗闇に、おはつは力なくつぶやいた。どこかで聞いた台詞だった。


三日後の早朝、おはつは梅川一遊斎一座の小屋にいた。西両国の広小路は昼間の喧騒が嘘のように閑散として、座員たちが集まってくる前の場内もしんと静まっている。ほの暗い舞台に立ち、誰もいない客席を見渡した。胸許から引き抜いた扇子を開き、構えの姿勢をとる。

「水が上ります」

久方ぶりのせいか、声は思うほど出なかったが、手の動きは躰がしかと覚えていて、しなやかに描かれる曲線と、きりりとした静止が、鮮やかにきまった。

水からくりの舞台に復したいと申し出るにあたっては、一笑に付されても致し方ないと覚悟したが、一遊斎は真面目な顔つきでおはつの話に耳を傾けた。そして、「若くて華やかなのもいいが、いぶし銀の芸もまたお客の興趣をそそるかもしれんな。ただし、舞台を休んでいるあいだにこびりついた、芸の錆を落とすことができたらの話だ。まあ、やってみるがいい」と、背中を押してくれた。

己が目指す星は、己の手でとらまえなくては。おちかに図星を指されて、おはつは、はたと思い当たったのだった。娘というのは、母親がもっとも衝いてほしくない急所を攻めてくるのかもしれない。

「水が引きます」

さっきよりも張りのある声が出た。顔に喜色を浮かべた人たちで埋まった客席がまぶたに浮かび、総身に鳥肌が立つ。

おちかは勇吉と所帯を持って、かわいい女房になるだろう。あと二、三年もすれば、おはつには孫がいてもおかしくはない。いずれは娘夫婦の許に身を寄せて穏やかな余生を送るのも、それはそれで悪くない気がした。

だが、いましばらくは、己の胸に輝く星を追いかけていたい。

ばあさんはすっ込んでいろとは、いわせないのだ。

菰掛けの小屋に、朝の光が射し込んできた。

須磨屋の白樫

田牧大和

田牧大和（たまき・やまと）
東京都生まれ。二〇〇七年に「色には出でじ、風に牽牛」（『花合せ』に改題）で小説現代長編新人賞を受賞。著書に『大福三つ巴　宝来堂うまいもん番付』『古道具おもかげ屋』『紅きゆめみし』、「鯖猫長屋ふしぎ草紙」「濱次お役者双六」「錠前破り、銀太」「縁切寺お助け帖」「藍千堂菓子噺」シリーズなど。

日本橋の北、本銀町にある漆物問屋「須磨屋」の庭には、見事な白樫が生えている。武家屋敷や寺社の大木には及ばないが、しっかりした真っ直ぐな幹と、八方に等しく伸びた枝、季節を通して青々と茂る葉は、柿渋塗りの板塀越しでもよく分かる。通りがかりにふと見上げ、白樫の伸びやかさ、素直さに、清々しい気持ちになる人も多い。

その「須磨屋の白樫」の飛び切りしっかりした枝の上、幹に背を預けている男子がいた。

歳は十五、張りのある頬や珊瑚色の唇には、幼さが残る。慎ましやかに整った目立たぬ顔立ちにほっそりした体軀、絵に描いたようななで肩は、周りから少し頼りなく見られるかもしれぬ。

身に纏った、藍と銀鼠の細かな縞の小袖、共の羽織は上物だが、いまひとつ当人に馴染んでいない。

男子――若太郎は、つい先刻の遣り取りを思い出し、遠い目で溜息を零した。

*

「お父っつあん、待ってください。話を聞いてください」

番頭の五兵衛から「大福帳の読み方」を教わるように。

父、仁左衛門の言いつけに、若太郎は青くなって後を追った。

大福帳を読むとは、そこから商いの流れを摑むという意味で、つまり、店を取り仕切る術のひとつを学べ、という指図だ。

若太郎は、白樫を眺めるように設えられた奥向きの広縁で、一見ゆったりとしているが全く隙の無い父の背中に、訴えた。

「私には『須磨屋（このみせ）』の跡取りなんて、無理です。どうか、考え直してください」

何かに気づいたように、仁左衛門が歩みを止めた。

さやさやと、春の風が白樫の枝を揺らしている。栗の花に似た、狐の尾のような淡い黄の花房が、枝の揺れを追って、ゆるりと踊った。

おや、と仁左衛門が呟く。

「風が出てきたようだね。あるいは耳鳴りか」

自分の訴えは、人の言葉としてさえ、受け取って貰えないらしい。

すっかり心が折れてしまった若太郎は、そのまま居間の方へ去っていく父をしょんぼりと見送っていたが、二度、三度と首を横へ振った。

いつもの若太郎なら、ここで引いていた。また、折を見て話してみよう、と。けれど、今日は違った。前の日、母の里に言われたことが心に刺さったままなのだ。

――面倒になると、自分から一歩引いてしまうのは、お前の悪い癖ですよ。

図星だった。だからこそ、ここでくじけてはいけない。

とはいえ、父には取り付く島がない。それなら、搦め手だ、と若太郎は踵を返した。

「須磨屋」は広い。日本橋北の表通りから東へ入る二筋の横丁を、「須磨屋」の敷地で南北に繋げている。北の横丁に面した店先の間口は「手広い商いをしている表店」ほど、屋根は瓦を頂いた平屋なので、その広さは外からは目立たないが、板塀の内は贅沢にゆとりを取った作りになっている。

東北の隅から順に、蔵、店と奥向きが「くの字」に繋がる母屋、南の横丁を隔てる板塀と勝手口、離れ、奉公人一家が暮らす長屋が、庭の真ん中で根を張り、存分に枝を広げる白樫を、ぐるりと囲んでいる。

若太郎が向かったのは、白樫の東にある離れだ。

そっと覗くと、離れの主は、棚に並んだ椀の乾き具合を確かめている最中だった。

下地塗りの二度目あたりだろうか。相変わらず滑らかで微かな斑（むら）もない、下地でも見惚れるほどの美しさだ。

厳しい目で自ら塗った椀を見つめている男は、鼻筋が通った男前で、肩幅も胸板もしっかりと厚い。

「何か、用か」

仁左衛門によく似た深い声で、若太郎を見ぬまま問いかける。

「兄さん」

そろり、と呼びかけてみたものの、厳しい横顔の兄は答えない。

若太郎の兄、龍太郎は、腕のいい漆塗り職人――塗師（ぬし）だ。

歳は二十八、本当なら仁左衛門の長男として「須磨屋」を継ぐはずが、幼い頃から隣家の塗師の元に通い、やがて弟子入り、あっという間に一本立ちした。それからも塗りの技は勿論、螺鈿や蒔絵細工など、腕を磨くことに余念がない。未だに嫁も弟子も取らず、ひとりで美しい器や道具を生み出している。

この離れは、元は龍太郎の師であった塗師の仕事場だったのだが、隠居をして仕事場も畳むというので、仁左衛門が丸ごと買い取ったそうだ。平屋板葺きの一軒家半分を、龍太郎が使っている。

若太郎は、自分とは髪の毛一筋ほども似ていない、寡黙で美丈夫の兄を、息を詰めて見つめた。

若太郎は、仁左衛門の実の子ではない。後妻（のちぞえ）に入った母、里の連れ子だ。

だから「須磨屋」は継げない。お父っつぁんの実の息子の龍太郎兄さんが継いで欲しい。

幾度となく断られ、それでも訴え続けてきた頼みが、どうしても口に出来なかった。

今、兄は職人の顔をしている。

その兄に「須磨屋」を継いで欲しいと願うのは、つまり、心血を注いでいる塗師の仕事を諦めて欲しいということで。迷いながら、もう一度龍太郎を呼ぶ。

「あの、兄さん」

「どうした」

仕事中は若太郎を見てくれないのも、愛想のない物言いも、いつものことだ。ちゃんと返事をしてくれるだけで有難い。

若太郎は、おずおずと切り出した。

「お父っつぁんに、番頭さんから大福帳の読み方を教わるように、言われました」

ようやく絞り出したのは、随分と遠回しな言葉だ。

小さな間を空け、龍太郎が短く「そうか」と応じた。

その静けさ、素っ気なさに、若太郎ははっとした。

今の伝え方じゃあ、「自分が跡取りだ」とわざわざ自慢しに来たみたいじゃないか。

「あ、ああ、あの、そんなつもりじゃなく、わたわた、私には、荷が重――」

龍太郎が、若太郎の言葉を途中で遮った。

「それで、お前はここで何をしている」

口調の厳しさに、若太郎は声を失った。

ふ、と苦い溜息が、龍太郎の薄い唇から零れた。ようやく自分を見てくれた深い黒の瞳には、怒りも憤りもなかったことにほっとしたけれど、叱られてしょげている子犬を見るような目で、見ないでほしい。

龍太郎が、視線を若太郎から椀へ戻し、穏やかに促した。

「忙しい五兵衛を、待たせるな」

番頭さんの手が空かなくて、もう半刻程、時があるのです。

とてもではないが、そう言い返せない気配の兄に、若太郎は返事をした。

「はい」

自分でも情けなくなるほど、小さくか細い声だった。

重い足を引きずり、離れから母屋へ戻るところを、

「あら、若太郎じゃない」

と呼び止められた。深みのある藍色に染めた作務衣姿の姉、凜だ。

歳は二十一、切れ長の目、小さな口の器量よしだが、独り身だ。

凜は、離れの北半分を使って「骨接ぎ」の診療所を開いていて、「男より骨接ぎ」だと、親類縁者や町名主から持ち込まれる縁談を全て断ってきた。

今では、龍太郎にも凜にも、縁談を持ち込む強者はいなくなって久しいという。

「怖いが腕のいい女先生」と評判で、診療所はいつも患者で溢れている。

「痛みで暴れる患者を押さえるのに、ちょうどいい」と、診療所にいる時は、いつもこの作務衣姿だ。髪には龍太郎が手掛けた朱色の櫛ひとつだけ、化粧はしない。

それでも、姉は美しかった。

「こんなとこで油売ってる暇があるなら、診療所を手伝って頂戴」

すぐにでも診療所へ連れ込む勢いの凜に、若太郎はどうにか切り出した。

「あの、姉さん」

「何」

凜が、忙しい診療所を見遣りながら、応じた。

思い切って、訊ねてみる。

「婿様を、取る気はありませんか。例えば、その、姉さんが診療所を続けても構わないと言って下さるような、お父っつあんが、安心して『須磨屋』を任せてもいいと思えるような、婿様を」

凜が、軽く首を傾げ、若太郎に近づいた。避ける間もなく、白い手が若太郎の額に当てられる。

「熱は、ないわね。おなかでも壊したかしら。煎じ薬、飲んでく」

若太郎は跳び退いた。

凜は骨接ぎだが、軽い風邪や、腹の具合がおかしい、くらいのちょっとした病なら、薬を煎じてくれる。

ただ、その薬が曲者なのだ。庭で凜自ら薬草を育て、煎じるのだが、腹痛(はらいた)の薬は口がすぼまるほど酸っぱく、風邪薬は涙が出るほど苦い。

「御心配なく――っ」

叫んで逃げ出してから、煎じ薬は「面倒なことを言い出した弟」を体よく追い払う方便だったことに気づき、若太郎は肩を落とした。

兄に諭され、姉にあしらわれ、仕方なく母屋へ戻ると、とどめ、とばかりに母の里に出くわしてしまった。

母は息子の顔色からすべてを察したのだろう。出来の悪い子を憐れむような目で、静かに若太郎に告げた。

「お父っつあんの言いつけです。しっかりと励みなさい」

その目と言葉から、若太郎もまた、母の内心を察した。

昨日「引くな」と言ったのは、そこ——跡取りの座を降りる——に関してではないのに、と。

＊

白樫の枝の上で、若太郎は再び苦い息を吐いた。

葉の隙間から差し込む春の日差しが、羽織や手に、細かな模様を描き出している。

番頭との約束まで間があるのなら、店を手伝うなり、古い大福帳を開いて自分なりに目を通すなり、しなければいけない。忙しい五兵衛に手間を取らせるのだ。それこそ、ここで油を売っている暇はない。

だが、ほんの少しだけ、折れた心を立て直す時が欲しかった。

分かっていた。

若太郎が「須磨屋」を継ぐことに関して、若太郎を除く我が家の面々は、一枚岩だ。だからといって、「それじゃあ、遠慮なく」と頷ける訳もないのだけれど。

十二歳の正月、父の仁左衛門から「『須磨屋』は若太郎に継がせる」と言い渡された時から、自分には無理だ、出来ないと訴え続けた言葉は、ただの一度も、誰にも、聞き入れられることなく、今に至っている。

若太郎は、白樫の枝を見上げた。

木漏れ日が眼に入って、ほんの少し眩しい。

気鬱がどうしても顔に出そうになると、若太郎はこうして白樫の木に登り、誰からも見咎められない場所で、思う存分溜息を吐くことにしている。

樫は冬でも葉が落ちないので、人の目を遮るのに丁度いい。父から、「店を率いる者は、気鬱や心配を、たとえ欠片でも外に出してはならない」と、教わって来たからだ。

自分は店を継げないと訴えながら、父から教わる「『須磨屋』主としての心得」を守ろうとするなぞ、我ながら辻褄が合っていないと、思う。

「こんなことじゃあ、お父っつあんに『本音では店を継ぎたがっている』と思われるだろうな。だから誰も、真面目に取り合ってくれないのかもしれない」

仁左衛門は、穏やかで物静かだが、日本橋や神田界隈では「切れ者」で通っている。人を見抜き、物を見抜き、世情を読み取る目は、常に正しくて鋭い。自ら喧嘩を売ることはないが、売られた喧嘩は漏れなく買い取り、容赦のない返礼があると密かに恐れられていて、「須磨屋」を侮った挙句、見事返り討ちに遭った店や役人の話は、ひとつ、二つではない。漏れ聞いた話では、店を畳み、江戸を追われる羽目になったとか、役を解かれ浪々の身に落ちた、とか。

そんな父に、自分のどっちつかずの性根は、すっかり見透かされていることだろう。

商いは好きなのだ。

塗師の仕事ぶりや、その手が生み出した美しい逸品を眺めるのは至福のひと時だし、これを大切にしてくれる人にどう売ろうか、店を盛り立て、客に喜んでもらう面白い工夫はないか、考えていると時を忘れてしまう。

父や番頭から、商いのあれこれを教わって新しいことを覚えるのも、楽しい。

若太郎は、ぽつりと呟いた。

「『須磨屋』で働くのが、いやな訳じゃあないんだ」

ただ、自分が兄と姉を差し置いて「跡取り」の座に就いているのが申し訳なく、身の置き所がない。

若太郎が「須磨屋」の息子になったのは、九年前。

その時に父から、侍の名のままでは落ち着かないだろうと、「若太郎」の名を貰った。長男の龍太郎がいるのに、自分に「太郎」とつけるのもどうなのかと、子供心に思ったものだ。

母の里は、南町奉行所定廻同心の家に生まれた、武家の娘だ。嫁入先も同じ定廻同心の家で、ゆくゆくは父の跡を、長子の若太郎が継ぐはずだった。

その道筋をいきなり失くしたのが、十年前の師走、飛び切り凍える夜のことだ。大がかりな捕物で、父と、母方の祖父が命を落とした。父は、祖父を庇ってのことだったそうだ。

母と若太郎は、身内を失くした悲しみに浸る間もなく、他家へ嫁いでいた父の姉――若太郎の伯母によって、家を追われた。

弟の死は、お前の父親のせいだ。年甲斐もなく捕物なぞに出張るから、いけないのだ。

伯母の罵倒に静かに耐える母の姿が、今でも忘れられない。母を守れなかった自分が、情けなく、口惜しかった。

実の父の跡は伯母の次男が継いだと、風の便りに聞いた。未練も悔しさも感じなかった。

若太郎は、侍が嫌いだ。人を殺める道具を常に腰に佩いていることが恐ろしいし、疎ましい。こんな自分に同心が務まるとは思えなかった。

それよりも、職人や商人になりたかった。

だから、伯母も、伯母の肩を持つ親類縁者たちも、母を傷つける要などなかったのだ。

「跡取りの座を寄こせ」とただ一言、若太郎に求めてくれれば、喜んで譲ったのに。

同心席よりも、若太郎は母の平穏が大事なのだ。

だから、母が婚家を追い出されて半年、町人として「須磨屋」へ後妻に入ったことは、若太郎にとっては喜びと安堵しかなかった。

仁左衛門と共にいる母は、若太郎が見たこともないほど、朗らかで嬉しそうだったから。

龍太郎と凜が、母と若太郎をすんなり受け入れてくれたことも、随分とほっとした。

母と兄姉は、大層仲がいいのだ。

それだけに、若太郎が「『須磨屋』の若旦那」の座に据えられて以来、兄姉二人が少し遠くなった気がするのが、寂しい。

「若旦那」ではなく、ただの手代見習いになれば、元のように、兄と姉は、温かな笑みを自分に向けてくれるだろうか。

若太郎は、また溜息を吐いた。

「須磨屋」跡取りの座から、降りたい。

若太郎の訴えは、これまで通り、父母と兄姉、誰ひとりまともに取り合ってくれなかった。

くじけた心を立て直すのには、時と力が要る。

四人に太刀打ちできるような戦術も、練った方がいい。

仕度が整うまで、もうしばらく「『須磨屋』の若旦那」でいさせてもらおう。その間は、きっちり跡取りの役目を果たす。

若太郎は腹を括り、「若旦那」稼業にいそしんだ。

そんなある日のことである。父、仁左衛門の言いつけで、誂え物の進み具合を訊きに、若太郎は神田鍛冶町の塗師を訪ねた。

龍太郎が手掛けた塗物は「須磨屋」自慢の逸品だが、売りはそれだけではない。仁左衛門や若太郎の目利きで仕入れたものも扱うし、誂え物は、「須磨屋」とは長い付き合いの職人達に頼んでいる。京や加賀から、様々な器や道具も仕入れているのだ。

訪ねた塗師には、嫁入り道具を頼んであった。

日限（ひぎり）も出来も心配ないことを確かめ、店へ帰る道すがら、つらつらと思案する。

どうすれば、「跡取りを降りたい」という訴えを、父達に聞き入れて貰えるか。

自分は父の実の子ではないから、という世の理が通じないことは、身に沁みた。

となると、手っ取り早いのは、敢えて大きなしくじりをすることだ。

だが、それでは店に迷惑をかけてしまう。仁左衛門に見限られるのも哀しい。何より、若太郎の「商人」としての矜持が許さない。

ならば、情に訴える。あるいは、父達が得心せざるを得ない名分があればいい。

どちらにしろ、奉公人に後押しして貰えれば、大きな力になりそうだ。

とはいえ、番頭、手代達は皆一筋縄ではいかないし、揃って父の味方だ。

「須磨屋」の表向きで立ち働くのは、番頭の五兵衛、手代が五人、手代見習いの小僧が二人。

　店の大きさ、商いの手広さに比べ、かなり少ない。だが、仁左衛門が「これは」と思う者を選び抜き、みっちり育てたとあって、ひとりで幾人分もの仕事をこなす強者揃いである。下手に話を振っても、こんこんと言い含められて、終わるだろう。

見習いの小僧を巻き込んでは可哀想だし、残るは奥向きの奉公人か。だがそちらも、母の里が抜かりなく纏めている。

なんだ、私の味方なんて、いないじゃないか。

しょんぼりと考えながら、本銀町の北端の辻に通りがかった時、若い娘の切羽詰まった声が聞こえ、若太郎は足を止めた。「須磨屋」まで、もう少しだ。

声の聞こえた東の方角、細い横丁の暗がりへ目を凝らす。

若い娘が、羽織姿のひょろりとした男に手首を摑まれていた。

「困ります。手を、手を離してください――っ」

明らかに嫌がっている、よく知った声。

若太郎は、足を速めた。

辿り着くと、相手の男にも見覚えがあった。

かちり。

若太郎の内で、聞き慣れた、小さな音が鳴った。

商人として、「須磨屋」の跡取りとして振舞うための合図。頭が冴え、心が凪ぎ、腹が据わった、という合図だ。

男の素性に思い当たり、軽く顔を顰める。

厄介な。

ひんやりと腹の中で呟きつつ、娘の方に声を掛ける。

「お花、どうしたの」

弾かれたように若太郎を見た娘――花の大きな目が、たちまち涙で潤んだ。

花は、「須磨屋」奥向きの女中だ。若太郎と同い年の十五歳。円らな目と愛嬌のある小さな鼻が可愛らしい、色白の娘である。

「若旦那っ」

ひょろりとした男の手を振り払い、こちらへ走り寄った花を、若太郎はさりげなく自分の後ろへ庇った。

うちの奉公人に手を出すな、と怒るのは容易い。だが、ここでことを荒立てるのは下策だ。相手は、花に非があると言い出しかねない、性質の悪い男である。

若太郎は、行儀の悪い客と接する時のつくり笑顔を、男へ向けた。

「うちの奉公人が、何か失礼を致しましたか。『中戸屋』の若旦那」

「中戸屋」は漆物問屋、つまり「須磨屋」の商売敵だ。一昨年鍛冶町に表店を構えたのだが、その前は両国広小路の近くで、塗物を主に扱う土産物屋を営んでいた、という話である。

商売敵と言っても、「須磨屋」は贅沢品や誂え物が中心の商いなのに対し、「中戸屋」は普段使いの器や江戸土産の手軽な小物が主、扱う品物が異なるので、若太郎としては、商売仲間のようなつもりでいるのだが、先方は違うらしい。

何かにつけ張り合って来たり、嫌がらせにもならないようなちょっかいを掛けてきたりするのだ。

若太郎に苦々しい顰め面を向けている男は、その「中戸屋」の跡取り、紋吉(もんきち)だ。歳は二十歳(はたち)。派手に過ぎる女遊びとしつこい性分が祟って、嫁の来手がないのだと、界隈では噂だ。

紋吉が、聞こえよがしの舌打ちをひとつ、薄っぺらい笑みを顔に貼り付ける。

「これはこれは。『須磨屋』の若旦那」

若太郎は、軽く会釈をすることで呼びかけに応じた。紋吉が続ける。

「失礼なんて、とんでもない。お花ちゃんは、とてもいい娘さんですよ。是非、うちの奉公人になって貰いたいと、誘っていたところでしてね」

若太郎の後ろで、花が大きく震えたのが分かった。

怖いのか、厭なのか。

多分、両方だろうなあ。

零れかけた溜息を呑み込み、安堵を装って思い切り声を張った。

「やあ、それを伺ってほっとしました。女子(おなご)にお優しいはずの『中戸屋』の若旦那が、嫌がる娘の手を捕えておいでだったので、よほど失礼があったのかと――」

紋吉が、狼狽えたように周りを見回し、若太郎の言葉を「しっ」と遮った。

若太郎の声を聞きつけた人達が、早速、辻からこちらを覗き込んでいる。

紋吉が低い早口で、まくし立てた。

「人聞きの悪いことを、大きな声で言わないで貰えませんか」

――「中戸屋」の若旦那、また、どっかの娘に手を出したのかい。

――「女子にお優しい」って聞こえたけど。

――やだねぇ。何の冗談だい。

遠慮のない言葉、その後に続く笑いが、若太郎の耳に届いた。

狼狽えて赤くなっていた紋吉の顔から、見る間に血の気が引いていく。

もう少し、釘を刺しておいた方がいいだろう。若太郎は、声を落として告げた。

「失礼を致しました。安心して、つい。それはそうと、うちの奉公人を買って頂けるのは有難いのですが、雇い入れているのは父ですので、当人ではなく父へ話をしていただけませんか」

ぎょっとした様子で、紋吉が若太郎を見た。

「そ、そそ、それは」

やたら張り合う癖に、いざとなるとうちのお父っつあんが怖いんだなあ。

仁左衛門の名を出すのは卑怯かもしれない。だが、卑怯だろうと何だろうと、花を守る手立てになるなら、若太郎に迷いはない。

にっこりと笑って見せると、なぜか、紋吉の顔色が更に青くなった。

「私からも、父に話を通しておきますので。『中戸屋』の若旦那が、お花を気に入ったらしい、と」

「止めてくれ――っ」

紋吉が、悲鳴のような声を上げた。取り繕うように、「ほんの軽い気持ちで誘っただけですので、忘れて下さい」と続ける。

「そうですか」

言って笑みを深くする。

紋吉は、ぎゅっと唇を噛みしめてから、乱暴な足取りで辻の方へ向かった。

若太郎の横を通り過ぎ様、ざらついた声で吐き捨てる。

「『須磨屋』乗っ取りを企む子狐が、偉そうにしやがって」

若太郎の陰で小さくなっていた花が、何か言いたげに息を吸ったのを、目で抑える。

紋吉は、辻から覗いていた人々を払いのけるようにして、横丁を出ていった。

偉そうにしたつもりは、ないんだけどなあ。

考えていると、花が憤りも露わに、声を上げた。

「何よっ。若旦那のこと、知りもしないくせにっ」

怒って貰えるのは有難い。だが傍から見れば、きっと紋吉の言葉は疑いようもない「本当のこと」で。

「お花」

静かに、名を呼ぶ。若太郎を見る花の大きな目が、見る間に潤んだ。

私のせいで、お前が傷つくことなんてないんだよ。

そう告げると、花は余計悲しむだろう。悔しいと、泣くだろう。

だから、若太郎は悪戯な笑みを浮かべて、言った。

「嫌な言葉は、聞こえない、聞こえない」

呪いめいた、おどけた調子に、花が強張っていた頬を綻ばせた。勢いよく、若太郎へ頭を下げる。

「若旦那、お助けいただき、ありがとうございます。御内儀様のお使いの帰りに、捕まってしまって。手を摑まれて逃げられなくて、でも、怒らせたらお店に迷惑が掛かるって、あたし――」

か細く震え出した言葉を、若太郎は明るく遮った。

「さあ、帰ろうか。頑張った褒美に、おっ母さんから落雁を貰ってあげるよ」

花が、ぐっと何かを呑み込む仕草をした。これ以上、若太郎に心配を掛けてはいけないと、恐れを胸の奥へ押し込んだのだろう。すぐにいい笑顔になり、「はいっ」と明るく応じた。

気立てのいい、芯の強い娘だ。

この強さ、見習わなきゃなあ。

花と連れ立って歩きながら、若太郎はしみじみと考えた。

花を巡って、紋吉とちょっとした諍いがあった日から、十日の後のことである。

蔵にいた若太郎を、手代の仁助が呼びに来た。

「若旦那、お客さんがお見えです」

若太郎は、溜息を吞み込んだ。

仁左衛門と番頭の五兵衛は、さる旗本屋敷へ、注文の品を届けに出ている。

「お父っつあんのお客さん、それとも、番頭さんの」

訊ねてみたものの、どちらにしても、気の張る相手なのは変わらない。仁助の顔も、心なしか硬い。

ところが、仁助は困ったように首を振った。

「いえ、若旦那のお客さんで」

若太郎は、手にしていた硯箱を丁寧に仕舞い直し、首を傾げた。

「どちら様です」

「それが、その」

言い淀んだ仁助を、「はい」と相槌を打つことで促す。

「『中戸屋』の若旦那で」

きゅ、と胃の腑が縮んだ心地がした。

あのまま引き下がってくれるとは思っていなかったが、まさか、店へ押しかけて来るとは驚きだ。どこで知ったのか、仁左衛門と五兵衛の留守を狙う辺りは、なかなか狡賢いけれど。

若太郎は、ふう、と息を吐き出し、気を引き締めた。

「分かりました。若旦那は、私が店の『客間』へご案内します」

戸惑った顔をした仁助に、続ける。

「仁助は、おっ母さんに言伝をお願いします。お花を、決して奥向きから出さないでください、と。できれば『中戸屋』の若旦那がお帰りになるまで、花を側に置いて目を離さないでと、お頼みして」

仁助が顔色を変えた。

十日前の諍いを伝えたのは、父母と番頭のみだ。

だが、よくできた手代は、里への言伝だけで、何があったのか察したようだ。

厳しい顔で、「お任せください」と答え、奥向きへ急いでくれた。

身だしなみと息を整え、「さて」と、声に出して呟く。

背筋を伸ばすと、かちりと、若太郎の内で「跡取り」の合図が、小さな音を立てた。

いつか返す座でも、人から見れば「乗っ取りを企んでいる子狐」でも、今は自分が

「『須磨屋』の若旦那」だ。留守をしている父に代わって店と奉公人を守る責は、自分が負っている。

店へ出た若太郎を、手代達がほっとしたような苦笑い交じりで、見た。

小僧を連れ、土間から店の中を不躾に見回している紋吉に、若太郎は声を掛けた。

「『中戸屋』の若旦那、お待たせいたしました。私に御用だそうで」

紋吉が、若太郎を見て、にんまりと笑った。

店の西端に設えた部屋は、四畳半の畳敷きで、専ら値の張る器や道具を、贔屓筋にゆっくり品定めしてもらう「客間」として使っている。職人や商い仲間とのやり取りで使うのは、奥向きに近い部屋だが、紋吉をなるべく花から遠ざけたい。

念には念を入れて、「中戸屋」の小僧も、奥向きの勝手ではなく、店の土間で待って貰うことにした。

若太郎は、客間で差し向かいに座っている紋吉を眺め、溜息を呑み込んだ。

先刻から変わらない薄笑いは、「悪巧みをしています」と、教えてくれているようなものだ。

二十歳にもなって、腹の裡ひとつ隠せないのでは、大店の跡取りとしてやっていけるのか、他人事（ひとごと）ながら心配だ。

まさか若太郎に憐れまれ、案じられているとは思ってもみないのだろう。紋吉は、茶を出した手代の仁助をつまらなそうに見遣り、呑気な呟きを零した。

「可愛い女中が、茶を出してくれると思ったのに」

澄ました顔の仁助が、若太郎にだけ分かるほど、ぴりり、と気配を尖らせた。

若太郎は、再び零れかけた溜息を堪えた。

花にちょっかいを出して怖がらせ、性懲りもなくうちの女中を狙う男に、要らぬ気なんぞ回すのじゃなかった。

若太郎は、にっこりと飛び切りの笑みを紋吉へ向けた。

仁助が、ごふ、と、妙な音の咳ばらいをした。


両国広小路の近くで土産物屋を営んでいた「中戸屋」は、「漆物問屋」へ商い替えすることに、ずっと執着してきた。

真っ当な苦労、袖の下、脅し。あらゆる手段を使い、小さな土産物屋を大きくし、ようやく鍛冶町に表店を手に入れた。

大声では言えないこともやってきたせいか、その苦心を思い出したくないのか。他愛のない世間話でも、土産物屋だった頃の話を持ち出されることを、主も跡取りも、酷く嫌がる。

漆物問屋仲間で、それを知らぬ者はいない。

値の張るものを扱おうが、普段使いや土産物を扱おうが上も下もない、同じ漆物問屋仲間だ。若太郎はずっと思ってきた。

だが、商いの邪魔をするなら、「須磨屋」に害をなそうとするなら、等しく「敵」である。敵に手心を加えていいことなぞ、ひとつもない。

半端に残した禍根は、新たな禍根を生む。

父、仁左衛門の教えだ。

だから、遠慮なく「敵が嫌がる話」を使わせて貰う。

若太郎は、にっこりと笑んで応じた。

「男ばかりの無粋な漆物問屋で、面目ありません。両国広小路あたりの水茶屋なら、若旦那のお眼鏡に適う娘さん達が、きっと大勢おいでなのでしょうね」

ここは水茶屋ではないし、お花は勿論、うちの女中は誰ひとり、お前の前には出さない。娘達と遊びたいなら、両国広小路に戻ればいいではないか。

世間話に潜ませた棘と意味を、紋吉は正しく受け取ったようだ。首筋と耳を暗い赤に染め、若太郎を睨みつける。

はっきりと面を険しくした仁助を、若太郎は穏やかに促した。

「仁助、ありがとう。ここはもういいですよ」

仁助は、不服そうに若太郎を見たが、すぐに頭を下げ、部屋を出た。

心配性の手代は、きっとこの客間の側で様子を窺い、何かあったら飛び込むつもりでいてくれるのだろう。

若太郎は、思い切り邪気のない顔をつくり、惚けた。

「そう言えば、近頃は浅草や谷中でも、評判の水茶屋があるとか」

「両国広小路」から話を逸らしたことで、紋吉は開きかけた口を、むっつりと噤んだ。すぐに、あの厭な薄笑いを浮かべる。

——せいぜい言っていろ。すぐに泣きべそをかかせてやる。

心の声が、聞こえるようだ。

紋吉が、小僧に持たせてきた包みを、若太郎へ差し出した。

「こちらは」

若太郎の問いに、紋吉がにこやかに答える。

「先日の詫びです。他所さんの奉公人を勝手に誘うのは不躾だと、父に叱られました」

「そういうことでしたら、お気持ちだけ頂戴します。こちらはお持ち帰りください」

「それでは、私がまた父に叱られてしまう」

「では、ご足労ですが、父のいる折に改めておいで頂けますか」

仁左衛門を引き合いに出すと、紋吉は視線を泳がせたが、瞬く間に妙な落ち着きを纏い直し、低く囁いた。

「おや。『須磨屋』さんは、詫びの品を受け取ることさえ、若旦那にお許しにならないのですか」

　こちらを怒らせるつもりだろうか。

　黙って薄笑いの顔を見返していると、若太郎の方へ紋吉が膝を進めてきた。

「これは、『須磨屋』さんにではなく、若旦那への詫びです。どうぞお受け取りを」

　若太郎の返事を待たず、包みを解き、桐箱の蓋を開けた。

　黄色が目に鮮やかな黄金布に包まれていたのは、小振りの硯箱だ。

「春慶ですか」

　若太郎の言葉に、すかさず紋吉が言い添える。

「『水戸春慶』の逸品です」

　春慶とは、漆塗りの技のひとつ、春慶塗のことで、そのうち水戸でつくられるものを「水戸春慶塗」と言う。水戸の地で育つ硬い檜で作った木地を、透き通った「透き漆」で仕上げた道具や器は、光を放つような漆の艶と、檜の美しい木目が際立つ。

「これが、『水戸春慶』の逸品ですか」

　微かに言葉尻を上げた若太郎の呟きに、紋吉が勢い込んで頷いた。

「ええ、そうです。蒔絵や螺鈿をふんだんに施した、贅沢な品物ばかり扱われている『須磨屋』さんの若旦那は、ご覧になったことがないかもしれませんが、『春慶塗』の扱いは、『中戸屋』が江戸で随一です。この『水戸春慶』は、とてもいい品ですよ」

流れるような語り口は、随分と得意げだ。

袖にされた意趣返しにしろ、しつこい懸想にしろ、紋吉の狙いは花だと思っていたが、どうやら違うらしい。

身なりのいい客が若太郎を名指し、「急ぎで、いい『水戸春慶塗』の硯箱が欲しい」と求めてきたのは、七日前のことである。

日限（ひぎり）は十日、あと三日だ。

客と若太郎の遣り取りを聞いていた父と番頭が、そっと頷き合っていたのは、こうなることを見越していたに違いない。

二人とも客の胡散臭さを見抜き、「春慶塗」と耳にして「中戸屋」が良からぬことを企んでいると、察した。口を出さなかったのは、若太郎に騒動を収めさせるつもりなのだろう。身から出た錆、自分で蒔いた種は自分で刈り取れ、と。

全くその通りで、返す言葉もない。突き放されたような気がして、ほんの少し寂しいと感じたのは、ただの甘えだ。

江戸随一かどうかはともかく、「中戸屋」の商いで一番扱いが多いのは、「春慶塗」だ。
木地と「透き漆」の美しさを楽しむ「春慶塗」には、凝った細工は施さない。その分
値は上がりにくいが、腕のいい職人が、いい木といい漆を使って作り上げた逸品の美
しさは、螺鈿や蒔絵の器に勝るとも劣らない。
ただ、普段の暮らしで使われることが多いだけに、逸品と呼べるほど出来の良い品
は、少ない。
若太郎が紋吉をやり込めた三日後に、その「春慶塗」の逸品を求める客が、やって
来た。
日限が迫ってきた頃、紋吉が「春慶塗」の硯箱を持って現れた。
つまり、紋吉の意趣返しの相手は、とっくに花から若太郎に移っていたという訳だ。
父母に兄姉、花達奉公人、大切な人達ではなく、若太郎自身に何か仕掛けられるな
ら、気が楽だ。
それにしても、「漆物問屋」の跡取りが、漆物をくだらない意趣返しに使うなんて。
清々しさと怒りがないまぜになった、妙な気分だ。
猫なで声で、紋吉が囁く。
「お困りだったのでしょう。何しろ、『春慶塗』の逸品は、なかなか手に入りません

から。どうぞ、こちらをお使いください。何、買い取れとはいいません。先日の失礼の詫びに、差し上げます」

若太郎は、微笑んだまま紋吉を見返した。

薄っぺらな笑みが、紋吉の顔から消えた。

「私が伺ったのは、そういう話ではありませんよ」

若太郎は、目の前の硯箱を手に取り、蓋を開け、隅々まで確かめながら告げた。

「『水戸春慶』の良さは、飛び切り透き通って、飛び切りいい艶が出る『透き漆』と、水戸の檜の美しい黄色や木目にあります。長年かけて工夫された『透き漆』は、木地の色目(いろめ)や木目を損なうことなく見せてくれますし、かの地で育まれた硬い檜は、漆を吸うことなく、その艶を保ちます。『水戸春慶』の逸品とは、そういう美しい品を指すのではありませんか。そう、伺ったのですが」

紋吉は、ぽかんと口を開けてこちらを見つめている。仕方なく、若太郎は続けた。

「お持ちいただいた硯箱は、確かに『水戸春慶塗』でしょう。そこそこ良いものかと思います。木地の落ち着いた黄色味は、さすが水戸の檜だ。ただ、木目は、ぼんやりとして、ちょっとした乱れが見受けられます。箱自体の出来、つまり指物の技も甘い。『透き漆』にはうっすらと濁りがありますし、塗りにも、微かですが斑(むら)が見られます。

ほら、ここと、ここ」

言いながら、蓋の内側の隅と、箱の角を示した。

紋吉はすっかり顔色を失くし、若太郎が指さした先を、ただ見つめている。

まだ十五歳の若太郎が、自分の店で扱っていない「春慶塗」の目利きが出来るとは、思っていなかったのだろう。

恐らく、「水戸春慶塗」の逸品を求めてきた客は、紋吉が差し向けた男だ。希少な「春慶塗」が手に入らぬまま日限が迫り、焦り始める頃に、紋吉自ら「『春慶塗』の逸品」を持って、若太郎を訪ねる。日限に近すぎると、仁左衛門や五兵衛が助け舟を出すかもしれない。三日前は、敵ながらいい頃合いだ。

そこそこ良いものを、逸品だと偽ってくれてやれば、若太郎は飛びつき、喜び勇んで「逸品」として客に売る。

紋吉は、そう踏んだのだろう。

そこで、客に「こんなものは、逸品とは呼べない」と、大騒ぎをさせる。

「須磨屋」が、紛い物を摑ませようとした、と。

企みをあっさり看破され、動けずにいる紋吉に、若太郎は明るく問いかけた。

「おや。お気づきでは、ありませんでしたか。『春慶』では江戸で随一の『中戸屋』

さんが」

若太郎の皮肉に、紋吉が大声で喚いた。

「う、うちの品が、贋物(にせもの)だと言うのかっ」

若太郎は、小さく溜息を吐いた。

女遊びと性根のしつこさを横へ退(の)けても、色々、惜しい人だ。

仕掛け自体は悪くないと思うし、若太郎を騙す紛い物として、この出来の硯箱を持ってくるあたり、漆物を見る目はあるようだ。

逸品との差は一目瞭然だが、しろうとなら見分けはつかない。

ただ、腹の裡がこう容易く表に出るようでは。しかもここは、紋吉が「ひとつ、嵌めてやろう」と企む店である。

「なんだい、その憐れむような目はっ」

壁と障子で隔てただけの店先が、凍り付いたように静まっている。

若太郎は、静かに異を唱えた。

「贋物だ、とは言っていません。これは確かに、いい『水戸春慶塗』だと思います。少し贅沢な気分を味わう普段使いにはちょうどいい。ただ、逸品をお求めのお客さんには、とてもではないですが、お売りできません」

そのことは、と、う、に、御存じでしょう――初めから、騒ぎを起こすつもりだったのだろう――と言い添えれば、紋吉は引き攣った笑みを浮かべ、言った。

「かといって、『水戸春慶塗』の逸品を、あと三日で手に入れるのは難しいでしょう。何か勘違いをしていらっしゃるようですが、私は知り合いに『須磨屋』の若旦那をお教えしただけですよ。若いのにしっかりした跡取りだから、と。あのお人は、気が短くてね。日限に間に合わなかったとなれば、さぞ腹を立てるでしょうねぇ。客を怒らせたら、御父上にも叱られるのではありませんか」

話すうちに、落ち着きを取り戻したのか、黙っている若太郎を「父親に叱られると言われ、怯えた」と取ったか。

にやりと嗤って、声を潜め、続ける。

「心配いりませんよ。あの客なら、この品で十分誤魔化せます」

若太郎は、手にしていた硯箱を、そっと桐の箱へ戻した。

それから客間の外、店先へ向けて声を掛ける。

「仁助」

『はい、若旦那』と、すぐ近くから応えがあった。

「さっき蔵で見ていたあれを、持ってきてくれますか」

『畏まりました』

紋吉が、首を傾げた。若太郎は黙って微笑むことで応じる。

ほどなくして、仁助が箱を手に客間へ戻った。紋吉が持って来たものと、よく似た桐の箱だ。

蓋を取り、黄金布を開いて、紋吉の方へ軽く滑らせると、紋吉が眼を見開いた。

「こ、これは」

紋吉の声が掠れる。

「どうぞ、手に取って」

若太郎は促したが、紋吉は恐れをなしたように、弱々しく首を振った。視線は、箱の中に釘付けだ。

「いい品でしょう」

若太郎は囁いた。

濁りのない「透き漆」、水戸の檜ならではの落ち着いた黄色、寸分の狂いもない指物。秀逸なのが、柔らかく広がる波紋のように、美しく整った木目だ。よくぞ、ここを切り出してくれたものだと、拝みたくなるような美しさである。

これがどれほどの逸品か。「そこそこ良い品」を持ち込んだ紋吉なら、手に取らずとも分かるだろう。下手な螺鈿や蒔絵なぞ、太刀打ちできない。

「昨日、手に入れたところです。かなり値が張りましたが」

言いながら、硯箱の蓋を開けて見せる。箱の内も、外に劣らぬ出来の良さだ。隅々まで、僅かな塗り斑も見当たらない。

「い、いったいこれを、どこで、どうやって――」

掠れた声で、紋吉は訊ねた。その口ぶり、青白い顔から察するに、それなりに職人や仕入れ先へ、裏で手を回していたのだろう。

「須磨屋」の跡取りに、「春慶塗」を売らぬよう、と。

だから若太郎は、にっこりと笑って訊き返した。

「商売敵の若旦那に、仕入れ先をお教えする、とでも」

お前に伝えて、仕入れ先にも嫌がらせをされては、たまらない。

言外に込めた意味は、受け取って貰えただろうか。紋吉は若太郎を、恐ろしいものでも見るような目で、見つめている。

人を、幽霊か何かのように。酷いなあ。

心中のぼやきを、側に控えた仁助は察したらしい。ひっそりと笑いを堪えている。

軽い咳払いをしてみたものの、子供が咽せたような具合になってしまい、ばつが悪い。

「そんな訳で、硯箱は間に合っております。こちらはお引き取りいただけますか」

はっとして、紋吉がばたばたと動いた。

慌ただしく、持って来た硯箱を仕舞うと、「お邪魔を致しました」と、ひっくり返った声で言い置き、立ち上がった。客間を出ていく背中に、おっとりと伝える。

「お知り合いのお客さんに、『お待ちしています』と、お伝えください。かなり、値が張ってしまいましたが」

紋吉の歯ぎしりが、聞こえた。

仁助が、堪え損ねた笑いを誤魔化しながら、客間を出た紋吉の後を追う。

店先で、ずてん、と重い音が響いた。

驚いて客間から出ると、土間で転んだ紋吉を、仁助が助け起こしていた。

「大丈夫ですか、『中戸屋』の若旦那」

他の客のいる前で、敢えて「中戸屋」の名を出すあたり、仁助も人が悪い。

客達は、くすくすと笑っている。

客に八つ当たりをされないかと、はらはらしたが、紋吉は仁助の手を振り払い、小僧を急かし、客達の視線を避けるようにして「須磨屋」を後にした。

居合わせた客達に、騒ぎの詫びをしてから客間へ戻ると、仁助が硯箱を片付けてくれていた。

その淡々とした姿を見た途端、ほっとして腰が砕けた。

なんとか、上手くやれたのだろうか。

畳へへたり込むと、仁助が笑った。

「縮めた提灯(ちょうちん)みたいですよ、若旦那」

酷い言われようだ、と思いながら笑ってみたものの、つい、苦い溜息が零れた。

「どうなさいました。あんなに鮮やかに、あいつを追い払いなすったのに」

「あのお客さん、これを買いに来てはくれないだろうね」

仁助が、難しい顔で頷いた。

「そりゃあ、そうでしょうねぇ。元々買うつもりはなかったんでしょうから」

あっさりした手代の言葉に、がっくりと、項垂れる。

「せっかくいいものを仕入れたのに。蔵に眠らせておくのは勿体ないし、職人さん達に申し訳が立たないよ」

短い間を置いて、仁助が、ぷう、と噴き出した。

紋吉を追い返してから五日、若太郎はいそいそと外出の支度をした。

硯箱の新たな買い手が、見つかりそうなのだ。

深川で庵を編む隠居で、回船問屋の主をしていただけあって、店を息子に任せた後も、羽振りがいい。「中戸屋」の跡取り、紋吉が引き起こした騒動の噂を聞きつけ、見せて欲しいと知らせをくれた。丁度、いい硯箱が欲しいと思っていたのだそうだ。

店の帳場格子で番頭と話していた父にその旨を伝えると、父は、仁助を連れて行くように、と言いつけた。

紋吉はしつこい。再びの意趣返しを、気にしているのだろう。外出を狙って何か仕掛けて来ると、若太郎も踏んでいる。

だからこそ、仁助を巻き込みたくはない。

ひとりで大丈夫だという言葉は、音を纏う前に、父の強い視線に遮られた。

若太郎は、意を決して告げた。

「仁助にも、硯箱にも、傷ひとつ付けません」

仁左衛門は、若太郎を見つめた後、小さな溜息を吐いた。

なんだか、がっかりされたような気がする。

しょんぼりした若太郎に、仁左衛門の柔らかな声が掛かった。

「気を付けて、行っておいで」

はい、と返事をし、若太郎は気を引き締めた。

あのご隠居に使って貰えるなら、職人も、仕入れた自分も嬉しい。ご隠居は「春慶塗」は初めてだという話だから、良さをしっかり伝えてこよう。

そのためには、まず無事に、深川へ硯箱を届けなければ。

肩に力を入れすぎたか、喉が渇いた。水を飲みに勝手へ寄ると、龍太郎がいた。じ、と若太郎を見つめ、訊ねる。

「出かけるのか」

「はい。深川のご隠居の庵まで」

「嵐が来そうだぞ」

束の間、若太郎は黙った。

勝手口から見える外は、うららかな日差しで満ちている。風の音もない。

「大丈夫です」

笑顔で応じ、勝手を出た。

すぐに、今度は凜と行き合った。

凜は、若太郎の頭から足の先まで眺め下ろし、訊いた。

「出かけるの」

「はい。硯箱をご覧に入れに、深川まで」

凛が切れ長の目を、すう、と細めた。

「こわぁい幽霊が、出るかもしれないわよ」

いい天気の昼間に、ですか。

口の先まで出かかった言葉を、どうにか呑み込む。

「大丈夫です。仁助もいますので」

可笑しな兄姉に、こっそり首を傾げながら、若太郎は仁助の待つ店先へ向かった。

＊

龍太郎と凛は、若太郎の背中を顰め面で見送った。

先に口を開いたのは、凛だ。

「この天気で、嵐はないんじゃない。兄さん」

「お前の幽霊より、ましだ」

「強張った顔しちゃって。ひと言、人気(ひとけ)のない道が怖いって、頼ればいいのに」

「全くだ」

「寂しいわね」

「哀しいな」

「さ、早く追わないと」

「患者はいいのか」

「さっさと片付けて戻れば大丈夫よ。あ、おっ母さんにも声を掛けた方がいいかしら」

「おっ母さんの手を煩わせるまでもないだろう」

「それもそうね」

「行くぞ」

凛と龍太郎が揃って、ぼき、ばき、と指を鳴らした。

＊

「わ、わあ。だ、誰かお助けぇ」

仁助が叫んだ。

へっぴり腰ながら、懸命に若太郎を庇ってくれているのが、嬉しくも申し訳ない。

隅田川を両国橋で東へ渡り、人気のない回向院の裏手に差し掛かって早々、地回り風の男四人に囲まれたのだ。

皆、若太郎が見上げる程の大男で、物騒な笑みを湛えている。

ひょっとしなくても、紋吉の仲間だ。

花にちょっかいを掛けてきた時は紋吉だけだった。「須磨屋」へ押しかけて来た時は、荷物持ちの小僧をひとり連れていたのみ。

だから何か企むにしろ、紋吉だけか、せいぜい手代を連れているくらいだろうと、思い込んでいた。

硯箱を持つ手が震え出した。取り落としてはいけないと、ぎゅっと抱え直す。

男が、低く割れた声で迫った。

「坊ちゃん。痛ぇ目に遭いたくなかったら、そのお宝、黙って渡して貰おうか」

かちりと、いつもの「腹が据わった」合図が、鳴った。

男達の目当ては、若太郎と硯箱だ。仁助だけならば、きっと逃げおおせる。

頭は冴えたが、手の震えは、合図が鳴っても収まらない。

若太郎は、仁助に囁いた。

「逃げなさい」

仁助が、若太郎と同じように震えた声で言い返した。

「お断りします。こいつらより旦那様と御内儀様、龍太郎さん、凜さんの方が幾倍も恐ろしいですから」

待ってくれ。なぜそこで、母はともかく、父と兄姉が出てくる。

「何を呑気にしゃべってやがるっ。いいから寄こせ」

男達の手が、若太郎に伸びた。

若太郎は、硯箱を抱き込むようにして蹲った。

「仁助、早く逃げ――」

若太郎の叫びと重なるように、鈍い音、短く野太い悲鳴が聞こえた。続けて、三度、四度。硯箱を奪おうとしていた手は、いつまでも若太郎に触れてこない。

「若旦那、よかった。もう大丈夫ですよ」

仁助に促され、そろりと、若太郎は身体を起こした。

男四人が、目の前の地面で伸びている。その傍らには、楽し気に指を鳴らす凜の姿があった。涼しい顔をした龍太郎が、凜の横で軽く手を叩いた。

ぷしゅう、と、張り詰めていたものが自分から抜けていく音を、若太郎は聞いた。

「若ったら、縮めた提灯みたい」

凜が、仁助と同じことを可笑しそうに呟いてから、恐い笑みを浮かべ、男達に言った。

「お前達。うちの大事な大事な若を脅して、まさか無事で済むとは思っていないわよね」

若太郎が四人の男に襲われて半月。「須磨屋」は落ち着きを取り戻していた。

あの日、龍太郎と凜が若太郎を追ってきたのは、仁左衛門の指図だったそうだ。

龍太郎は、柔術の道場で師範にと乞われる手練れで、四人の男をあっさり伸した挙句、呟いた。

――道場の外で暴れるのも、いいな。もう少し、手応えがあった方が楽しかったが。

強かに地面に叩きつけられ、動けずにいる四人を、凜が嬉しそうに脅した。

――骨接ぎってね、人の体を知り尽くしているの。さあ、どれくらい痛くして欲しいか、教えて頂戴。でなければ、誰に頼まれたか、さっさと白状するのね。

初めに凜に目を付けられた運の悪い男は、軽く腕を捻り上げられただけで、悲鳴と共に告げた。

「中戸屋」の跡取り、紋吉に頼まれた、と。

四人を番屋へ引き渡して店へ戻ると、仁左衛門も上機嫌だった。

無事で何より、と労われたのもつかの間、おっとりとした物言いで窘められた。

――紛い物を返したのは、甘かったね。何食わぬ顔で貰っておけば、この先も大人しくしてもらう、いい証になった。そろそろ、これくらいの悪巧みは覚えなさい。

ただひとり、母だけが若い娘の様に、口をとがらせ、龍太郎と凜に訴えた。

――私も、仲間に入れて欲しかったのに。次は必ず、誘って頂戴。

母は、幼い頃から祖父に小太刀の手ほどきを受けていた、使い手だ。

仲間に入っていなくてよかったと、若太郎は心底安堵した。それから、次なんて、間違っても御免だ。

そして「中戸屋」は、どうなったのかと言えば――。

息子が起こした騒ぎを聞きつけ、「中戸屋」の主は「須磨屋」へ飛んできた。

父へ結構な額の金子を差し出し、「このことは穏便に」と願った。

それが、いけなかったらしい。

「うちの大事な跡取りに手を出した詫びを、たかが金子で贖おうとは、軽んじられたものだ」

そう告げて、金子を持って帰らせただけだと、仁左衛門は言った。

それでも、「中戸屋」は店を畳んで、逃げるようにこの界隈から去った。内藤新宿で、小さな土産物屋を始めたという噂である。

そうして、若太郎は自分の未熟振りが厭になって、白樫の木に登っている。花を庇ったことから始まった騒動を、自分で何とかする筈だったのに、皆に助けられて、ようやくことが収まったのだ。

若太郎は、青々と茂った白樫の葉を見上げた。

さら、さわ。

風で、枝が揺れ、葉が動く。光の欠片が、ちらちらと降って来る。

ふう、と細く長い息を吐いて、若太郎は呟いた。

「もっと、もっと、学んで、精進しなきゃあ。こんなことじゃあ、『須磨屋』を束ねることなんか、到底出来ない」

「跡取りを降りる」つもりでいたことを、綺麗に失念している自分に、若太郎は気づいていない。

*

庭の白樫を眺める広縁で、仁左衛門は、里、龍太郎、凜と共に、五兵衛の淹れる茶を飲んでいた。

凜が、五兵衛に訊く。

「若は、出かけたの」

「先だってお届け出来なかった硯箱を、改めて見せて欲しいと、深川のご隠居さんから知らせを頂戴しまして」

龍太郎が、可笑し気に呟いた。

「張り切っていたな」

「元気が出て、よかったこと」とは、里だ。

心地よい静けさの後、五兵衛が、意を決したように訊ねた。

「今更、とお思いになるかもしれません。失礼も承知でございます。龍太郎さんと凜さんが、若旦那を慈しまれる訳を伺っても、よろしゅうございますか」

すかさず、凜が茶化す。

「だって、あの子、可愛いじゃない。からかい甲斐もあるし」

龍太郎が、生真面目に答える。

「俺も凜も、お父っつあんの店を引き継げる器じゃない。若なら、任せられる」

五兵衛が、頷く。

「確かに、可愛らしい御方だとは思います。先行きが楽しみな商人でもおいでかと」

仁左衛門は、軽く笑った。

実の兄、姉でも、弟をこれほど心配し、慈しむのは珍しいだろう。ましてや、跡取りの座を、後妻の連れ子に譲るとは、ずっと兄妹を見てきた五兵衛でも、考えにくいようである。出来た番頭のことだ、若太郎がつつがなく跡を継ぐための憂いや火種があるなら、承知しておきたい、ということだろう。

仁左衛門は、白樫に視線を当てながら、答えた。

「若太郎が来た頃、龍太郎も凛も、妙に縮こまっていたことは、覚えているかい」

「はい」と、五兵衛が応じる。

「私は、我が子には自らが決めた道を、歩んでほしいと思っていた。店は、才覚のある者に継がせればいい。店を守る為に、血の繋がりは大したことじゃないからね。なのに、この子達ときたら、龍太郎は塗師、凛は骨接ぎ、やりたいことが決まっているのに、ちっとも私に打ち明けようとしない」

自分達の望みは、ただの我儘だと思い込んでいた二人の背中を押したのが、邪気の欠片もない若太郎との遣り取りだった。

若太郎は、兄と姉に「好きなもの」を訊いた。二人は、食べ物や遊びを答えた。

若太郎は、にっこり笑って言った。自分は、「商い」が好きだ。大人になったら、いい物を売って、皆に喜んでもらえる「商人」になりたい、と。

その明るさ、迷いのなさに釣られるように、龍太郎は「塗師になりたい」と打ち明け、凜は、「嫁には行きたくない。婿も要らない。骨接ぎを学んで、小さくて構わないから、自分の診療所を開きたい」と、語った。

眩しい笑顔、子供ならではの真っ直ぐさで、若太郎は言った。

――それじゃあ私は、龍太郎兄さんが作った漆物を、大切にして下さるお人にお売りします。凜姉さん、お嫁に行かないなら、ずっと一緒に暮らせますね。嬉しいなあ。

私が転んで骨を折ったら、あまり痛くないように、治してくださいね。

少し離れ、三人の遣り取りを窺っていた仁左衛門は、憑き物が落ちたような、上の息子と娘の顔を見て、大層ほっとしたものだ。

凜が、しみじみと言った。

「あれで思い出したのよね。お父っつあんが、好きなことをやれ、店は心配するなって、言ってくれてたこと」

龍太郎が、続く。

「俺は、嬉しそうな若の顔を見て、気づいた。誰かがひとりで店を背負うことはない。商いが好きだという若を、俺達で守り、盛り立て、助ければいい」

五兵衛は、噛み締めるように、幾度か頷いた。

「なるほど。腕のいい塗師と、腕のいい骨接ぎが今ここにおいでになる。そのお手柄は若旦那、という訳ですか」

「そうなんだよ。だからあの子にも、望む道を歩んで欲しいと思っているのに、なかなか頑固でねぇ」

仁左衛門の言葉に、五兵衛が大きく頷く。凜が訊いた。

「番頭さんこそ、若を随分買ってるじゃない」

番頭は、食えない笑顔で答えた。

「手前も、手代達も、とうに気づいておりますよ。若旦那が『その気』になった時の、人の悪ぅいお顔。旦那様に、よく似ておいでです」

小さな間の後、五人揃って小さく噴き出した。

ひとしきり笑ってから、凜が、思い出したように確かめた。

「『水戸春慶』の硯箱。お父っつあんや番頭さんは手を貸さないとして、都合したのは、兄さんかしら」

「俺に、春慶塗を手掛ける職人の伝手はない」

「へぇ。やるじゃない。あの子」

兄妹の遣り取りに、仁左衛門は頷いた。

若太郎は、突き放されたと思っていたようだが、「春慶」を任せたのは、あの子なら出来ると、仁左衛門も五兵衛も考えたからだ。

若太郎には、周りの人間に「こいつの為なら、何とかしてやろう」と思わせる人柄がある。

いざという時の腹の据わり振りは、物の売り買いに留まらず、品物を見定め、奉公人を束ね、店を回し、世の中の流れを読むことの、大きな助けになる。

商いが三度の飯より好きで、稀有な商才を持ち合わせている癖に、すぐに尻込みしてしまう「末っ子」を、どうしてくれよう。

そう。血の繋がりなぞなくとも、若太郎は、紛れもない仁左衛門の息子、可愛い末っ子だ。

龍太郎が、言った。

「そろそろ、知らせた方がいいんじゃありませんか、お父っつあん」

「私達が、若を目に入れても痛くない程可愛いと想っていることを、かい。別に、隠してはいないんだけれどね」

凜が、呆れた声を上げた。

「まったく、鈍いのだか、慎み深いのだか。せっかく、兄さんと私が一人前扱いしてあげてるのに、私達が冷たくなったってしょげてるし。面白いから、このまま様子を見ましょうよ。ねえ、いいでしょう、おっ母さん」

里は、美しい笑みを湛えた。

「是非、鍛えてやって頂戴」

五兵衛が、苦い溜息を吐いた。

「皆様、慈しみ方が、少うしねじれておいでなのではございませんか」

仁左衛門は、少し温(ぬる)くなった茶を飲み干し、八方に等しく枝を伸ばした白樫に目をやりながら、言った。

「周りがいくらねじれた慈しみ方をしても、あの子は心配いらないよ。何の歪みもたわみもない、我が家自慢の白樫なんだから」

雪よふれ

藤原緋沙子

藤原緋沙子（ふじわら・ひさこ）
高知県生まれ。立命館大学文学部史学科卒。小松左京主宰の「創翔塾」出身。二〇〇二年に「隅田川御用帳」シリーズの第一巻『雁の宿』でデビュー。二〇一三年に「隅田川御用帳」シリーズで第二回歴史時代作家クラブ賞シリーズ賞を受賞。著書に『茶筅の旗』『龍の袖』、「橋廻り同心・平七郎控」「藍染袴お匙帖」「浄瑠璃長屋春秋記」「人情江戸彩時記」シリーズなど。

一

「ありがとうございました。良いお年を……」

居酒屋『だるま屋』の常連客、近隣に住むご隠居を送り出したおつやは、

「あら……雪が……」

呟いて天を仰いだ。薄墨色に染まった空から、ちらりほらりと雪が舞い降りている。

軒下から手を伸ばし、掌に雪を受けると、ひやりとした感触とともに一瞬にして雪片は消えて行く。

目を転じて通りを眺めると、うっすらと白くなっている。おつやは、また空を仰いで雪の落ちて来るのを見詰めた。

雪が降る景色に出合うたびに、おつやの脳裏には、遠い昔のある光景が蘇る。

幼い息子の幸吉が、庭に積もり始めた雪を丸めてうさぎをかたどり、手水鉢(ちょうず)の側に植わっている南天の実を摘んで、うさぎに目を付けてやっている姿である。

降り注ぐ雪を背に受けながら、小さな手を赤くして夢中になっている幸吉に、夫の松之助とおつやが手を出し口を出しして、親子三人がひとつの作業に一体となってい

る光景だ。

しかしそれからまもなくのこと、おつやは夫と離縁した。原因は姑のおかつとの確執が次第に大きくなったからだ。

既に十三年が過ぎているが、雪の降る日のあの光景は、いまだもっておつやの心に鮮明に残っている。

雪が降れば思い出すし、思い出せば懐かしく悲しく寂しい。

おつやは離縁されてこの実家の居酒屋に出戻って来た。父親が亡くなる三年前までは店を手伝い、父親が亡くなってからは自分が主となって、日がな一日立ち働いている。

親が始めた店を潰すまいと頑張れば頑張るほど、代わり映えのしない歳月が瞬く間に過ぎて、おつやの顔には皺が目立つようになり、髪を染めなければ客の前に立てない年齢になっている。

今年もあと数日で大晦日を迎え、再び新しい年が始まる訳だが、年をまたぐこの頃になると、心底に潜んでいた侘しさがまたたくまに胸を覆っていくのである。

おつやは、大きくため息をついた。そして、

――いまさら悔いても仕方が無い。商い商い……私には商いに没頭するしか道はな

いのだ。

存念を振り払うように踵を返して店の中に戻ろうとした。

だが、その目の端に見慣れぬ若い男をとらえて、通りの向こう側に視線を投げた。

おつやの目がとらえた若い男は、差し向かいにある下駄屋の角からこちらをじっと見詰めていた。

青縞の木綿の着物に町人髷、どこかのお店の奉公人だと思われる。

若い男は傘もささず、肩や頭に降り注ぐ雪を受けながら、こちらを見ている。

――誰かしら……。

おつやが怪訝に思って、強い視線を投げた途端、若い男は踵を返した。そしてあっという間に横町の路地に姿を消してしまった。

おつやに見覚えはなかった。それに、人様に監視されるような覚えもない。

首を傾げながら店の中に戻ると、

「どうしたんだい？」

板場から清七が顔を覗かせて、おつやの表情を窺った。

「ううん、なんでもない」

おつやはそう告げると、

「なんでもない顔じゃあねえぜ」

清七は笑った。

「いやね、見知らぬ若い男の人が、向かい側の下駄屋さんの角からこっちを見ていたように思ったものだから」

おつやは、お客が空にした皿を盆に載せながら、気のせいかしらと苦笑する。

「まさか、おめえさんにほの字の男でもいるんじゃねえのか」

「よしてよ、からかうのは……こんな婆さんに誰が懸想をするもんかね」

おつやは頬を膨らませる。

「そんなことはねえぜ。おつやちゃんはいまだもって若いよ。色気もあるよ。正真正銘まだまだ女だ。だからお客も来てくれるんじゃねえか」

清七の声音には、冗談とも本気ともつかぬ想いが含まれている。

「清さん、雪が降ってきているから、今日はもういいわよ」

板場を終いにして家に帰るよう促すと、

「なんだよ急に、杓子定規なことを言うもんだな。幼なじみじゃねえのかい。遠慮は無用だ。まだ片付け物も残ってら」

清七は笑って汚れ物を片付け始めた。

清七とおつやは同年齢だ。しかもお互い配偶者を得るまでは、同じ町内で暮らして来た。お互いの性格も、どんな暮らしをしてきたかも、みんな承知の仲だ。

そんな清七が、この店の板前として働き始めたのには理由があった。

清七は、この店に入るまでは深川の小料理屋で板前をしていた。所帯も深川で持っていたが、三年前に女房に死に別れ、女の子を連れて実家の裏店に戻って来たのだ。

丁度おつやの父親が病の床につき死期を感じた頃だった。

おつやの父親は、清七が実家に帰って来ているという話を聞いてこの店に呼びつけた。そして清七に、苦しげな息を吐きながら談判したのだ。

「清七、あっしの命は一月は持つめえ。そこでおめえさんに板場を頼みてえんだが、やってくれねえか。誰に頼むより、おめえさんはおつやとは同じ町内で育った仲だ。安心して頼めるんだ。それによ、おめえも幼い子を抱えて戻ってきたというじゃねえか。おっかさんがいるとはいえ病がちで幼い子供を育てるのは無理だ。てえことは、おめえさんも働き口には困っているんじゃねえかと思ってよ。この店なら子供を連れて来てもいいし、何かあれば長屋にすっとんで帰れるぜ、目と鼻の先だからな」

父親は自分が死んだ後の、だるま屋の板場を清七に頼んだのだ。

「ありがてえ」

清七は頭を下げた。幼い子と病がちの母親の面倒をみなければならず途方にくれていたのだ。

おつやの父親の誘いは、清七にとっても渡りに船だったのだ。

まもなく父親は亡くなったが、それ以来清七が板場に入るようになって既に三年、店の味はすっかり清七の腕の味になっている。

だるま屋という店にとって、清七は無くてはならない人になった。だが、清七がおつやを見る目に、板前の視線では無い、別の意思が含まれているように時折思えて胸が騒ぐ。

だからおつやは、客の足が途絶えると分かると、早めに長屋に帰るよう清七に勧めるのだ。

おつやは清七とは終生幼なじみとして付き合いたいと考えている。

――もう誰とも所帯を持つ気にはなれない……。

働けるうちは懸命に働いて、老後は蓄えた金で好きな物を食し、芝居を見、物見遊山もしてみたい。

この先にたいした望みがある訳ではないが、たった一つ神様が叶えてくれるというのなら、夫のところに残して来た倅の幸吉が幸せに暮らしている姿を垣間見たい。

「おつやちゃん、じゃあ俺は帰るから。ぬくめた酒、貰っていくぜ」

清七は、客に出した残りの酒をとっくりに流し込み、残っていたお菜も皿に載せて、ふきんを掛けて抱え込むと、降りしきる雪の中を突っ切って長屋に帰って行った。

おつやは清七が帰って行くと、腰高障子を閉め、心張り棒で支えてから、清七が残り物のお菜の皿を並べてくれた盆を手に、居間になっている奥の部屋に入った。

――おとっつぁん、今日も無事終わりました……。

仏壇に手を合わせてから、おつやは長火鉢の側に座った。火鉢の中の炭は赤々として、五徳に掛かっている鉄瓶からは、白い湯気が立っている。

おつやは、板場から運んで来た盆を膝前に置き、鉄瓶の湯を急須に注ぎ、茶を湯飲み茶碗に入れようとして、はたと手を止めた。無性に酒が飲みたいと思ったのだ。

おつやは板場に向かうと、酒樽からとっくりに酒を汲み取り、それを持って居間に戻ると、箱火鉢で酒を温めながら、酒を飲み始めた。

通りを往来する人のざわめきも、雪のためか今夜は聞こえてこない。耳朶に囁くのは松風の音ばかり。静かな夜の一人酒だ。

一献、二献と飲み進めるうちに、おつやの胸には遠い昔の出来事が蘇ってきた。

おつやは幼い頃に母親を亡くして、父との二人暮らしだった。

父親はこの居酒屋を営みながら、おつやを育ててくれたのだ。

当時は近隣の女もお運びの仕事をしてくれていたが、おつやも大きくなるにつれて、その役目を担うようになっていた。

おつやが二十一歳の頃のことだ。

浅草の阿部川町で数珠屋「八角堂」の店を開いている松之助が、回向院や両国近辺に出向いて来たおり、両国広小路にある米沢町三丁目のこの店に立ち寄るようになっていた。

「本店は京の本願寺近くにあるんです。兄さんがやっていまして、せやから私も負けてはいられへん、そう思てこの江戸に出て来ました。まだ小体な店ですが、きっと京の本店に負けぬ店にしてみせる、そう思いまして……」

並々ならぬ決意を述べたり、

「数珠は宗派によって違うからね。数珠には上品、最勝、中品、下品とありまして、上品は千八十珠、最勝は百八珠、中品は五十四珠、下品は二十七珠で、一般に珠の材料で功徳の差があるとされています。一般には百八珠が多く、百八は煩悩の数といいますし、爪で繰るのは、煩悩を慴伏させるという意味があるのです」

数珠にまつわるうんちくを述べたりと、おつやが知らなかった話をして聞かせてくれるのだった。

数珠は京の兄の店から仕入れているらしいが、自身も特注の数珠を作っているのだと言い、ある日店にやって来た時には、美しいめのうの数珠を見せてくれた。

そのうちに、だんだんとお互いを意識するようになり、まもなくおつやは松之助から求婚された。

「つまらねえ居酒屋の娘だが、あっしにとっちゃあ大事な娘だ。よろしく頼む」

父親は松之助がおつやを嫁に欲しいと申し出た時、そう言ったのだ。

将来に見込みの有る男だと、おつやも父親も信じて疑わなかった。

確かに最初の三年は、おつやは幸せだった。幸吉も生まれたし、小体な店とはいえ数珠も良く売れて、先々に希望が持てた。

夫唱婦随の暮らしが一変したのは、松之助の母親が京からやって来てからだ。嫂と の折り合いが悪く、姑は次男の松之助と暮らすつもりでやって来たのだ。

にこやかな顔で暮らしていたのは三日ほどで、だんだんおつやのやることなすこと文句を言うようになった。

御飯を炊けば、柔らかいの固いのと言い、味噌汁がしょっぱい、具が多すぎると、出した汁椀を突き返す。

掃除も手抜きがあると指でホコリを掬ってみせるし、洗濯をして干せば、皺が伸びてないと言う。

おつやは、文句を言われる度に、叱られる度に心が傷付いていった。その傷は、初めは小さなかすり傷のようなものでも、何度も痛め付けられているうちに、傷は大きくなり、やがて腐臭を放つようになる。

そして姑との仲は、修復不可能な状態になったのだった。トドのつまりは、

「この店は、あてがお金を出してあげて開いたお店どす。その姑のあての言うことが気にいらへんいうのなら、出て行きなはれ！」

姑の意志ひとつで、おつやは離縁になったのだった。

「すまない。おっかさんに出て行ってもらいたいところだが、京の兄さんのところには、もう帰れないと言っている。母親を路頭に迷わすことも出来ないのだ。そのうちに迎えに行くから……」

松之助はそう言って謝ってくれたが、おつやは鬼の姑のいる家になぞ、二度と帰って行くつもりはなかった。

ただひとつ残念だったのは、幸吉を引き取れなかったことだ。

「幸吉はこの店の跡取りや、居酒屋の跡取りやないんやから」

姑の、その一言で、幸吉の行く末も決まってしまったのだ。

あれから十三年、雪うさぎに夢中になっていたあの幸吉は、今どうしているのかと、そう思うだけで胸が詰まる。

「あっ……」

おつやは、小さな声を上げた。今日通りの向こうからこちらを見ていたあの若い男は、ひょっとして、

――幸吉……。

思わず腰を浮かした。酔った胸が激しく騒いだ。

二

「ああ、寒い寒い……雪解けで足元がいけねえ。雪駄と違って下駄は疲れる」

白い息を吐きながら店に入って来たのは、義兵衛という小間物屋の主だった。

この人は、だるま屋の常連客で、両国界隈から深川に向けて掛け取りをする時には、必ず立ち寄ってくれる人だ。

「掛け取りですか、ご苦労さまです」

おつやは笑顔で迎えると、熱い茶を出してやる。年の暮れるこの頃は、商人にとってはかき入れ時、大晦日の除夜の鐘がなるまで、掛け取りに走り回るのだ。

商店の掛け取りは、最低年に四回ほど行うが、この年の暮れの掛け取りは、これまでに滞っていた分も回収しようとするから血眼だ。大きな店なら手代が走るのだが、義兵衛の店のように夫婦と手代一人の店では、主といえども店で誰かが回収してくるのを待っている訳にはいかない。

「ありがてえ、体が冷えてね、この暮れの掛け取りは大変なんだよ。おつやさん、いつもの、ほれ、湯豆腐、それに酒はあけぼのにしようかな、見繕って出してくれるかい」

義兵衛は、ふうふうと熱いお茶に息を吹きかけながら注文した。

「承知しました、お待ちくださぃ」

応えるおつやも義兵衛の姿を見ていると、かつて自分たち夫婦が暮れに駆け回っていたことを思い出す。

「あっ、いらっしゃいませ」

そこにまた別の常連客が入って来た。留さんという大工だが、大雑把な性格で、いつも戸の開け閉めがぞんざいだ。

今日も入って来たのは良いが、腰高障子は三寸ほど開いたままだ。

「留さん、きちんと閉めてくださいな」

おつやは笑って窘(たしな)めながら戸口に歩み寄り、戸に手を掛ける。

そして人知れず、昨日こちらを見ていたあの若いお店者(たなもの)の姿はないものかと、向かい側にある下駄屋の角を探すのだった。

「おかみ、出来てるよ！」

早速板場から清七の声が飛んできた。

「あっ、はい」

おつやは板場に戻りながら、あの若い衆が倅の幸吉かもしれないなんて、勝手な空想に惑わされている自分に苦笑した。

こんなに心を乱してしまうのなら、いっそ思い切って阿部川町の数珠屋を遠くからでもいい、覗いてみようかとも思う。

松之助と別れてから、おつやは一度もかつて暮らした店の前を通ったことはない。迂回してでも店の通りを歩くのは避けて来た。

だが今は無性に、幸吉の今をこの耳目で確かめたい、そう思うようになっていた。

その根底には、気持ちのどこかに、これからの清七との付き合い方、接し方を考えているのかもしれない。

清七がおつやに特別の感情を持ちはじめていることは、ずいぶん前から気付いていている。これまではのらりくらりと躱してきたが、自分の胸のうちでは、本当はどうなんだと確かめているところもあるのである。

「おかみ、ごちそうさま。また来るよ」

体を温めた小間物屋の義兵衛が、勘定をすませて帰って行くと、入れ替わって中年の商家の内儀が入って来た。

「おなかさん！」

驚いたのは、おつやだった。おなかは、阿部川町で酒屋を営む店の内儀だ。

数珠屋とは隣同士だったことから、姑のおかつがやって来るまでは、一緒に会食したこともあり懇意にしていた。

だが、松之助と離縁してからは、一度も会ってはいなかった。おつやは会うのを憚っていた。

「おひさしぶり、驚いたでしょ。もっと早くにお訪ねしようと思っていたんだけど、うちも亭主が長患いして、それで私が店の帳簿を見なければならなくなって、今日になってしまったんです」

　おなかはそんな説明をしながら店の中を眺め回して、

「繁盛しているのね。私、おつやさんには話しておきたいことがあって来たんですが、時間、とれる？」

　おつやに尋ねたが、板場から顔を出している清七に気付いて、

「旦那さん？」

　小さな声でおつやに訊いた。おつやは首を振って否定し、

「私に話って、なんでしょうか？」

　おなかを見た目は不安な色に染まっている。良い話でないことは、おなかの表情を見れば分かる。

　おつやは板場に走ると清七に断りを入れ、おなかを板場の奥の居間に誘い入れた。

　おなかは、おつやがお茶を淹れ終わるのを待って、口を開いた。

「おつやさん、ご亭主の松之助さんや幸ちゃんが今どんな暮らしをしているのかご存じ？」

　おなかの目は、おつやの顔を窺っている。

「いいえ、知りません。幸吉のことは一日たりとも忘れたことはありませんが、あの

姑が居ると思うと……」

おつやは離縁の後の年の暮れに、倅の幸吉にと、ひと針ひと針幸せを願って縫った着物を、人に頼んで送ったことがある。ところがすぐに八角堂の手代がその包みを持参してきて、

「おかみさん、悪く思わないでください。ご隠居さんが、もうあの人はうちには関係ない人だとおっしゃって……」

おつやが仕立てた着物は、姑のおかつによって即座に突き返されてきたのである。

それ以来八角堂にかかわってはいけない、かえって幸吉が辛い思いをすることになるかもしれない……おつやはそう考えて、遠くから店の表を眺めるのさえ避けてきたのだ。

「そう、やはり何も知らなかったのね」

そう呟いておなかが教えてくれた八角堂のその後の顛末は、おつやが想像もしていなかった悲惨なものだった。

おなかの話によれば、おつやが離縁されたのち、松之助は働く意欲を失って、店は次第に客足が途絶えて立ちゆかなくなっていったという。あれほど熱心だった数珠の製作にも松之助は興味を示さず、顧客を増やす気力も失い、たびたび母親のおかつと

激しくやり合っていたようだ。

そのおかつも、おつやが離縁されてから五年目に病で亡くなった。

店もこの頃になると、にっちもさっちもいかなくなっていたようで、おかつが亡くなった二年後に、ついに人の手に渡った。

松之助と幸吉は下谷（したや）の長屋に引っ越して、松之助は数珠を作る内職をし、幸吉は十四歳になると同業の浪速屋という店に奉公に出た。

しかし松之助は、長屋暮らしになってから何事にも意欲を失い、酒浸りの毎日を送るようになったのだ。

浪速屋には通いで奉公していた幸吉も、とうとう父親に愛想をつかして家を出て、今では住み込みで奉公しているのだという。

「それでね、うちの亭主がいろいろと心配して、数日前に松之助さんを訪ねたんですよ。そしたら、重い病に伏せっていて、幸ちゃんが時々様子を見に長屋に帰って来て看病しているようだけど……あれじゃあ幸ちゃんが可哀想だ、なんとかならないものかと亭主と話していたんです。あなたに話すかどうか迷ったんですが、私、黙っていられなくて……」

おつやは返す言葉も見付からない。

——幸吉が今、そんな苦労をしているなんて……。

申し訳なさで胸が痛んだ。

「おつやちゃん、どうしたんだよ。あのおなかとかいう人から何を聞いたんだよ。そんな暗い顔をしてさ、それじゃあお客は長居はしねえよ」

最後のお客を送り出すと、清七は後片付けをしているおつやに話しかけた。

「ごめんなさい、そんなに暗い顔をしていたのかしら」

おつやは苦笑した。

「見ていられなかったぜ。お客がいるから何も言えなかったが、それほどの悩みを抱えているんなら、俺に話してくれればいいじゃないか。水くせえよ」

清七も片付け物をしながら、ちらとおつやに視線を投げる。

「ごめんなさい、明日から気をつけます」

「謝れって言ってるんじゃねえよ。俺に話せって言ってるんだよ」

おつやは口を閉じた。

煩悶している原因は別れた家族のことだ。何が起こっていようと人に話せるものではない。いや、清七だから話せない。

「おい、座れよ」

おつやの反応のないのにじれて、清七はおつやの腕を摑んだ。そして、店の樽椅子に無理矢理座らせた。

「止めてよ、清さんには関係ないことなんだから」

「そうはいかないよ！」

清七の目は尖っている。

「いい機会だ、はっきりしておきたいことがある。近頃おつやちゃんは俺を避けてるだろ……俺が嫌いなのか？」

きっと見詰める清七の目は、きちんと応えなければ許すものかと言っている。

「嫌いとか好きとかそんなこと……私、清さんには感謝してます。清さんがいてくれるから、この店が成り立っている」

「そんな話を聞いているんじゃねえや」

清七は冷たく笑うと、

「夫婦であれ、奉公人同士であれ、一緒に店をやっていくには、なにより互いの信頼が第一じゃねえのかい……隠し事があっては、やっていけないんじゃねえのかい……たとえそれが私ごとであってもだ。お互いに助け合って支え合って一丸となる……それが店を成功させることに繋がると俺は考えているんだ」

おつやは返す言葉も無い。黙って俯くと、

「俺には分かっている。別れた亭主や倅のことで何か心配ごとを聞いたんじゃないのかい……俺に出来ることがあれば手伝うから」

清七はそう言うと、板場からちろりと盃を持って来た。おつやと自分の盃に酒を注いで、

「飲めよ。俺はな、幼なじみだからこそ言ってるんだぜ。それにな、これはおまえさんに言うのは止そうと思っていたんだが、さっきも言ったように隠し事はいけねえって言った手前、話すんだけどな。親父さんは亡くなる前に俺を呼びつけただろ。あの時になんて俺に言ったのか……親父さんはな、こう言ったんだ。あっしが亡くなれば、おつやは一人ぼっちになる。おまえさんはおつやとは幼なじみだ。しかも女房を亡くしている。相手を失った者どうし、頃合いを見ておつやと一緒になって店を盛りたててくれってね」

おつやは驚いて顔を上げた。そんな話を父親がしていたなんて初めて聞く。

「嘘じゃねえぜ。俺はその時、親父さんに分かったって返事をしたんだ。親父さんには安心してほしかったからな。だけどもおまえさんにはずっと黙っていた。こればっ

かりは気持ちが無くては前には進めねえからな。だが、親父さんが亡くなってもう三年だ、今日はおまえさんに聞きたい。俺が一緒になろうと言ったら、なんとする？」

　清七の目は、これまで見たこともないような深い色をしている。おつやの心を見透かすような目の色だった。

　清七がおつやに心を寄せてくれていることは、ずっと前から感じていたが、おつやは、もう一度所帯を持つなどということは、考えてはいなかった。虫が良すぎる話だが、清七とはこのままの状態で、店の板前として働いて欲しかった。

「ごめんなさい、清さんが心配してくれていること、有り難く思っています。おとっつぁんがそんな話をしたというのも頷けます。でも今の私に、自分のこの先をどうするのかなどと考える余裕がありません。清さんの言う通り、私、別れた夫と息子のことで悩んでいるんです」

　おつやは、掻い摘まんで元の家族の現状を話した。

「分かった、そういうことならおまえさんの返事は今は聞かねえ。心が決まったら言ってくれ。それと、前の亭主と倅のことだが、俺に出来ることがあれば遠慮無く言ってくれ」

　清七はそう告げると、何度も盃に酒を注ぎ、ぐいぐいと飲み干してから、吹っ切るように立ち上がった。

「ありがとう、清さん」

清七に打ち明けたことで少しは心が軽くなっている。

清七はふっと寂しげな笑いを見せると、手を挙げて帰って行った。

おつやは心の中で清七に謝った。だがすぐに、その脳裏に浮かんで来たのは、あの、雪の降る日に幼い息子が雪うさぎを作っている光景だった。

今にしておつやは思う。姑のおかつの言葉のひとつひとつが、鮮烈で激しく、非情で冷淡な言葉だったとしても、それをうまく躱していれば、離縁は免れたかもしれない。離縁していなければ、息子の今の苦労はなかったかもしれない。

当時は、自分に非はないと思っていたが、自分も未熟だったのだと、おつやは愕然とした。

三

新年を迎えて五日目、おつやはついに決心を固めて家を出た。

悶々として頭を抱えていても、何も進展しないのはむろんのこと、商いにも身が入らない。

元の亭主と息子の様子を、自分のこの目で確かめたい。万が一追いかえされても、それはそれで良いではないか。

おつやは清七に店を頼んで、おなかから聞いていた下谷の松之助が暮らしているという長屋に向かった。

幸吉が奉公している浪速屋に行ってみようかと思ったが、幸吉に会うのが怖かった。幸吉が自分をどう思っているのか……あの姑に育てられたということは、きっと『おまえの母親は酷い女なんだよ。おまえは母親に捨てられたんだ』などと言い聞かされているに違いないのだ。けっして『おまえの母親は、いい人でね』などとは口が裂けても言ってはいないだろう。

まずは元の亭主に会って、幸吉の様子を尋ねてみたいと思ったのだ。

だからおつやの手には風呂敷包みが抱えられている。包みの中身は八寸の朱塗りの重箱だ。

その重箱には、おつやが昨夜から今朝に掛けて作った料理が、ぎっしりと詰めてある。

たたきごぼうに田作り、黒豆、数の子、里芋の煮たもの、小鯛の焼きもの、人参と大根の膾、それにかまぼこ。雑煮用の餅も別に包んで重箱に載せてある。

どれもおつやが八角堂にいた頃に、出していた正月料理だった。

店を潰して追われた長屋暮らし、しかも病に臥せっていては収入もままならないに違いない。

離縁の原因が夫婦の不仲というよりも、嫁姑の確執だっただけに、おつやは松之助に恨みを持っている訳ではない。

この時代に理由はどうであれ、父や母に孝行を尽くさなければ人非人と罵られる。それは刑罰をみれば顕著で、どんな理由があっても、父や母に手を掛けた者は即極刑を言い渡される。

それは、父母に孝行を尽くすことは、所在地の領主に尽くすことと同義であって、逆に父母に逆らうことは、領主に逆らうことに等しいという考えに立っているからだ。

どうあがいても松之助は、母のおかつには逆らえなかったのだ。

その無念と、おつやに詫びる松之助の気持ちは、別れる時に示してくれている。

いよいよ明日は八角堂を出て行くと決めた夜に、松之助はおつやと向かい合ってこう言ったのだ。

「すまん、私の気配りが足りなかった。おまえには申し訳ないと思っている」

そして、松之助は作りかけの水晶の珠を見せて、

「これでおまえの数珠を作るつもりだったのだ。思いがけなく別れることになってしまって、今はまだ手渡すことは出来ないが、きっと仕上げて送るつもりだ。せめてもの私の気持ちだ。使ってくれるね」

松之助が置いた油紙の中できらめく水晶を見て、おつやは驚いて水晶を手に取った。

「こんなに高価なものを私に……」

水晶から顔を上げて松之助を見ると、松之助は頷いて、潤んだ目でおつやを見詰めたのだった。

見詰め返したおつやの目にも、熱い物がこみ上げてくるのが分かった。

誰にも言えない、あの二人だけの別れの時を、おつやは忘れたことはない。

ただ、松之助がその後、別れたおつやに水晶の数珠を送ってくることはなかった。

心変わりしたのかもしれないが、店は次第に立ちゆかなくなったと聞いているから、それどころでは無かったのかもしれない。

水晶の数珠を送ってくれなくても、別れの時のあの言葉に嘘はなかったと、おつやは思っている。

あれやこれや考えながら、おつやは元夫が暮らしているという下谷長者町一丁目の伝助長屋にたどり着いた。

米屋の角にある木戸口が長屋の入り口になっていて、外から覗くと、長いどぶ板を敷いた通路の両脇に長屋が連なっていた。

正月三が日が過ぎたばかりだが、新年の晴れがましい雰囲気は無く、長屋はひっそりと軒を並べている。

どの長屋が松之助の家なのか見当もつかない。大家に訊けば分かるのだが、おつやはここに来て臆していた。

急に臆病風に吹かれたのだ。とはいえこのまま帰る訳にはいかないと気を取り直したその時、一番木戸に近い長屋の戸が開いて、中年の女房が出て来た。

女房は桶を持って井戸端に走ると、水を汲んで桶に入れ、小走りして戻って来た。

「もし……」

おつやは呼び止めて、松之助の家を尋ねた。

「松之助さん……この一番奥の家だよ。で、おまえさんはどういう関係なんだね」

訝しい顔で聞いてきた。

「昔、お世話になった者です。人伝にこちらに暮らしていると聞きまして、様子をうかがいに参ったんですが……」

「ちょっと……」

女房は驚き顔で、おつやの腕を引っ張って、自分の家に入れた。

「どういう知り合いかしりませんが、松之助さんは家賃も滞っているって大家さんがぼやいていましてね。でも、このところずっと病で臥せっていて、医者を呼ぶお金もないようなんです。ひとりぼっちでしょ、みんなどうするんだろって案じているんですよ。倅の幸吉さんも家を出ちゃったからね。まあ、家を出たのは松之助さんが悪いんだけど……」

女房は一気にしゃべって、

「おまえさんが昔お世話になったというのなら、力になってあげてくださいな。私たちも時折覗いているんだけど、あの人も頑固で、人の言うことは聞かないから……かと言ってこのまま死んでしまったなんてことになってもね」

困惑顔だ。

「お世話をおかけしてすみません。皆様が心配してくださっていることを伝えます」

おつやはそう断って表に出た。

「あっ……」

おつやは、外に出たところで立ちすくんだ。たった今、木戸をくぐって入って来た若いお店者に覚えがあったからだ。

昨年の暮れ、だるま屋の店先から見た、通りの向かい側にある下駄屋の角から、おつやの店を見詰めていた人だ。

おつやの胸は、突然激しく鳴り始めた。

木戸から入って来た若い男も、おつやの姿に気付いて一瞬息を呑んだのが、こちらから見ていても分かった。

――幸吉に違いない……。

昔の、幼い頃の面影はないが、おつやには分かった。

どうしたものか、なんと声を掛けたらよいのかと迷っているうちに、若いお店者は近づいて来て、おつやの近くで足を止めた。

そしてじいっとおつやを見た。その目は冷静で、頬は硬直している。凍り付いた顔というのは、こういうのを言うのだろうと思った。

おつやは、思い切って声を掛けた。

「幸吉……幸吉でしょう？」

お店者の男は表情ひとつ変えずに、小さく頷いた。

だがその目は冷たく、おつやに「おっかさん」と呼びかけてくることもなかった。

母を慕う子の懐かしさや恋しさというものが微塵も見えず、おつやは落胆した。瞬く間におつやの胸は塞がった。

ここに来なければ良かったと後悔の念が頭をもたげる。

だが、ここで諦めてはきっと後々後悔する。そう考えて思い切っておつやは言った。

「おっかさんだよ」

すると一瞬、幸吉の顔が歪んだ。感情を堪え、狼狽しているように見えた。だがすぐに硬い表情になって、

「ここではなんです、人の目がありますから」

よその人に言うような口調でそう告げると、誘うように踵を返して木戸に向かった。

――幸吉は怒っているのか……。

おつやは不安を胸に幸吉の後にしたがった。

幸吉は木戸を出ると、おつやを一度も振り向かずにずんずん歩いて御成道まで出た。

大通りはこの季節、子供達が凧揚げに大わらわだ。子供に交じって父親の姿も見え、御成道は正月の熱が冷めるまでは格好の凧揚げ場所となっている。

――幸吉も幼い頃に、凧揚げに夢中になって……。

父親の松之助が作った凧を、自慢げに脇に抱えて野原に走って行った。あの時の幸吉の姿が、楽しそうな声をあげて凧揚げをしている子供達の姿に被る。

「外は寒いから……」

幸吉は突然振り返ると、そう告げて甘酒屋に入った。

小あがりの座敷にあがって、おつやに座るよう促した。

冷たい外で話すのではなく、こうして甘酒屋に誘ってくれたことを、おつやは嬉しく思ったが、幸吉の顔は硬いままだった。

「ずいぶん立派になって……」

おつやが口火を切ると、それには応えず、

「いったい、何しに来たんですか」

ぶっきらぼうな顔で質してきた。

「おなかのおばさん、覚えているでしょ。この間お店を訪ねてきてくれて、八角堂のことも、幸ちゃんたちのことも、なにもかも教えてくれたんですよ」

「それでやって来たのか……今まで知らん顔をしてきたじゃないか」

意外な言葉が返って来た。やはり姑は私のことを酷い女だと教えて育ててきたに違いない。

おつやは、幸吉の言葉を押し返すように話した。

「知らん顔だなんて……どんな事情があっても、母親が息子のことを忘れるなんてことはありませんよ。どこの親だって、死ぬまで子供のことを案じるものです。幸ちゃんもいつか所帯を持って、子供が生まれれば分かります」

いつの間にか、昔呼びかけていた幸ちゃん、という言葉がおつやの口から飛び出していた。

幸吉の顔が微かだが歪んだ。おつやは話を続けた。

「信じないかもしれないけど、おっかさんはね、おばあさんがいたから遠慮していたんですよ」

幸吉は怪訝な顔をして、ふっと笑った。半信半疑の顔だ。

「おっかさんはね、お正月に幸ちゃんに着てもらいたいと思って、夜なべして仕立てた着物を送ったことがあるんです。でもすぐに、手代が返しにきました。ご隠居さんに返すように言われたって……」

幸吉は驚いた顔でおつやを見た。そして、

「おかしいな。私は一度、祖母に母に会いたいと願い出たことがあった。祖母は快く受けてくれたけど、数日経ってこう言われたんだ。おまえのおっかさんは会いたくないと言ってきたって……」

「まさか……」

おつやは姑の悪計に驚くほかなかった。

「今の話が本当なら、祖母は嘘をついたのかもしれない。でも、それ以来私には母親はいないんだと言い聞かせて暮らしてきた。親父さんとあなたが、どんな理由で別れたのか、幼い私には分かる筈もなく、ある日突然母親がいなくなって、瞼が腫れ上がるほど泣いたことだけは覚えている。それ以来、友達には母親がいるのに、私にはいないのだと……ただ、私が泣けば親父さんも辛いだろうと思っていた。だから母親の存在を忘れるようにしてきたんだ」

「幸ちゃん……」

おつやは「あなた」と母親を称した言葉に打ちのめされていた。

「おっかさんを恨んでいるのね。恨まれても仕方ないけど……」

「もういいんだ、そんなことは……今更言っても仕方がない。ひとつだけ確かめたかったのは、私の母は、私のことを忘れてしまったのだろうかと……」

じっとおつやの顔を見た。

「忘れる訳ないじゃない。毎日、本当に毎日考えて暮らしているんですよ。私のたった一人の息子なんだから……」

幸吉は俯いた。懸命に感情を抑えているように見えた。

「だから今日は思い切って、おせちを持って訪ねてきたんです」

おつやは、風呂敷包みを幸吉の前に置いた。

幸吉は、じっと包みを見詰めていたが、ぐいと引き寄せると、

「遠慮無く頂きます。でも、親父さんには会わないでもらいたい。動揺して病がますます重くなります。このおせちは奉公先から頂いたことにして食べさせます」

幸吉は、長屋への訪問をきっぱりと拒絶した。

四

おつやは、この夜も仏壇の前に座り続けていた。

長い年月の間に出来た母子の溝の大きさに、おつやは愕然としていて、いまだ心は塞いだままだ。

幸吉を責めることは出来ない。離縁によって起きた大きな溝は、おつやと松之助の

責任だ。

ただ単に母親のいない寂しさは、おつやも早くに母を亡くしているから分かってい
るが、母はこの世の人では無いと分かっていたから、諦めもついた。だが幸吉の場合
は生木を裂かれるような思いをしている筈だ。

まして姑は幸吉に、おまえを捨てていった母親だと言い続けて、おつやを悪者にし、
自分を正当化してきたに違いない。

――離縁になったのは姑のせいだ。私は被害者だ……。

おつやはずっとそう思って来たのだが、幸吉に会ってから少し考えが違ってきてい
る。

確かに常識では語れないほどの姑だったが、自分が我慢をして八角堂に居座ってい
れば、幸吉の今の苦労はなかったに違いないのだ。

おつやは立ち上がると、押し入れから行李を取りだした。そしてその中から風呂敷
に包んだものを手に取った。

膝の前で風呂敷の包みを解くと、綿入れの男児の着物が出て来た。

松之助と別れたのちのこと、正月に幸吉に着てもらいたいと思って縫った着物だっ
た。

生地は上田紬の藍色を主にした格子柄だ。上田紬は絹糸で織ったものではあるが、絹織物独特の光沢は無い。奢侈禁制を叫ばれる時であっても、江戸棚の商人たちは、紬は良く着用する。

丈夫で、しかも上品な風合いのある紬は、子供の着物にも最適だ。

おつやは、着物を取り上げて広げた。袖を持ち上げて眺める。肩上げ、腰上げも可愛らしい。まさに当時の幸吉の背丈に合わせた着物だった。

せっかく縫い上げて送ったのに、しつけ糸がついたままの着物を、姑は突き返してきたのだった。だから幸吉は一度も袖を通したことのない着物だ。

――このような可愛らしい寸法の着物を着ていたあの幸吉が……。

見違えるような大人になっていたのだから、おつやの驚きと喜びは表現のしようもない。

何度この着物を取りだして胸に抱いてきたことかと、おつやは風呂敷の上で畳み直し、掌で撫で、紬の感触を確かめた。

再び行李に仕舞おうとしたその時、店の戸が開いて、清七が入って来た。

「あら、どうしたんです、こんな時間に……」

おつやは怪訝な顔で迎えた。

清七は今日、亡くなった女房の命日だと言って、早朝の仕込みをすると、昼頃から店を休んで墓参りに出かけたのだ。

「幸吉さんの着物だな」

清七は、おつやの膝元にある子供の着物を見て言った。

「ええ、もうずいぶん前に縫ったものだけど、久しぶりに出して、こんなに可愛い着物を着る時があったんだと眺めていたんですよ」

おつやは苦笑した。清七は労るような目で頷いた。清七も一人娘を亡くなった女房の実家に預けている。

おつやの場合と違って、時折娘の成長を見るために会いに行っているが、離れて暮らすものたりなさはある筈だ。

「実はな、今日、俺は幸吉さんに会って来たよ」

突然驚くような言葉を聞いて、おつやは仰天した。

「お墓参りじゃなかったの……」

「墓参りはしたよ。いや、悪く思わねえでくれ。おまえさんが悩んでいるのを見ていて、黙っていられなかったんだ」

おつやは、顔を俯けた。今だにそんな顔をして接客していたのかと思うと、清七に申し訳ない気持ちだった。

「幸吉さんの奉公先に行ってきたんだ。そして、俺がおまえさんから聞いている離縁の話、母親としてずっと幸吉さんのことを案じて来た日々の暮らし、けっして倅のことを忘れていた訳ではないことを伝えたんだ。ついでに、側にいる幼なじみのこの俺も、お客の中にも懸想する人がいるんだけど、眼中に無いんだとね。それほどおつやさんの頭の中は、倅のことで一杯だって教えてやったんだ」

おつやは俯いたまま苦笑した。

清七の話では、幸吉は初めのうちは険しい顔で聞いていたようだが、冗談まじりに清七がそんな話をすると、

「私は、母を恨んでなどいません」

顔を緩めてきっぱりと言ったというのだ。

「本当に……本当にそう言ったんですか？」

顔を上げて聞き返すおつやに、清七は頷いて、

「この間、おまえさんが向かい側の下駄屋の角からこちらを見ている若い男がいたと言ってただろ。あれは幸吉さんだったらしいんだ。俺がその話をしたら、私だとはっきり言ったよ」

幸吉があやって、だるま屋の表を見に来ていたのは、あの時だけではなかったようだ。

「幸吉さんはこうも打ち明けてくれたんだ。母親に会いたい思いがつのり、或る日、店の手代に母親がだるま屋という居酒屋にいると聞いた。それ以来幸吉さんは寂しくなると走って来て、あの角から店の表を見ていたというんだ」

「幸吉が、何度も……」

おつやは訊き返した。清七は頷いて、

「そうだ、あの角に走って来て、この店を見ていたというんだ。時折おまえさんが表に出て来る時もあって、母親の姿を見ることができたんだって言っていたぜ」

清七は突然声を詰まらせて、

「いじらしいじゃねえか……」

慌てて洟をかみ、俺にも娘がいるからなと、清七はまた鼻に手を遣る。

「清さん、ありがとう。私、幸吉に会ってから、ずっと恨まれているんだと苦しかったんです」

「あの時は、あまりにも突然で、ああいう言い方しか出来なかった、私ももっと言いようがあっただろうと、あとで悩んでいました、母には申し訳なかったと伝えてください、そう言っていたぜ」

おつやは、ほっとした。なにより嬉しい言葉だった。

「おまえさんが持参したおせちの料理、父親と食べたらしいぜ。父親は幸吉さんに、この味は、おまえのおっかさんの味に良く似ているな、などと言ったらしいぜ」

清七は笑って言った。おつやの胸には、俄に満ち足りたものが広がって行く。

「他人の俺が間に入ってどうこうするのはおこがましいが、毎日沈んだ顔を見せられたんじゃあ、たまらねえからな」

清七はそう告げると、笑顔を見せて立ち上がった。だがすぐに思い出したように、

「松之助さんだが、だいぶん体は弱っているようだぜ。医者に診せるのをいやがって、このまま死んでもいいんだなどと弱気なことを言うらしいんだ。幸吉さんは、自分のことを考える余裕もないだろうな、気の毒なことだ」

伝えるだけ伝えて帰って行った。

おつやは数日後、常連客の酔いどれ医者から、日本で栽培している高麗人参を一かけ譲ってもらって、下谷の長者町一丁目に向かった。

清七が幸吉に会って話を聞いてくれたお陰で、幸吉の本心を聞くことが出来、おつ

やは久方ぶりに幸せな気分を味わった。

清七の好意を無にしないためにも、幸吉のためにも、一度松之助に会って病気を治すよう勧めてみたい。

そんな思いを胸に、おつやは長者町に行く決心をしたのである。

別れた亭主に会いに行くなどということは、気の進まない所行である。だが、幸吉のためになるのなら、どんなことだってしてやりたい。

脇目もふらず長者町に到着すると、おつやは躊躇(ためら)うこと無く木戸をくぐり、松之助の長屋の前に立った。

そして、腰高障子に手を掛けたその時、

「おとっつぁん、駄目だよ。医者が言ったじゃないか。下着も替えて体も拭いて、暖かくしていなくちゃならないって」

叱りつけている幸吉の声が聞こえた。

おつやは、はっと手を止めて耳を立てた。

「ほっといてくれ、もう死んでもいいんだ。なんでことわりもなく医者を呼んだんだよ。医者を呼ぶ金なんてもうないんだ」

久しぶりに聞く松之助の声だが、おつやが聞いたこともないような力の無い、投げやりな声音だった。

おつやは、戸を開けて入った。

松之助と幸吉が同時にこちらを見た。土気色の顔をした松之助に、おつやは内心驚いた。

松之助は体を起こし、上半身を裸にされていて、その背中を幸吉が手ぬぐいで拭いているところだった。側には湯を入れているのだろう金盥（かなだらい）が見える。

「おっかさん……」

父親の背中に手を置いたまま、幸吉が呟くような声を上げた。

おつやは草履を脱いで部屋に上がると、幸吉の手にある手ぬぐいを取り上げて、

「おっかさんに任せなさい。幸ちゃんはこれを煎じて頂戴」

おつやは持参した人参を幸吉に渡すと、金盥に手ぬぐいをつけて固く絞り、松之助の背中を拭き始めた。ぐっぐっと力を込めて、体を拭くのと同時に温めるように拭いていく。

松之助は黙ってなすがままになって背中をあてがっていたが、まもなく、声を殺して泣き始めた。

幸吉が人参を煎じる鉄瓶の湯を確かめながら、父親と母親の様子を案じ顔で見てい

る。

「いい歳をして、息子の言うことは聞くものよ。老いては子に従えっていうじゃない」

おつやも胸を一杯にしながら、松之助の背中に語りかける。

「そして元気になったら、数珠を作って、幸吉のお荷物にならないようにしないとね」

松之助は黙って聞きながら、おつやに背中を任せている。

「今日私が来たのは、幸吉の前途に親が水を差すようなことをしてはいけない。私もおまえさんも……そう思ったからなんです」

おつやは、松之助が聞こうが聞くまいがおかまいなしに話しかけて、背中を拭き、腕を拭いて、

「これぐらいでいいでしょ。下着の替えは？」

側に脱ぎ捨ててある薄汚れた下着を向こうにやって、幸吉に顔を向けた。

幸吉は慌てて部屋の隅の行李に走り、その中から父親の下着を引っ張り出してきた。

着古した下着だった。形が崩れて色もくすんでいる。八角堂の主でいた頃には、雑巾にするような代物(しろもの)だ。

おつやはその下着を手にした時、いいようのない哀しさに胸が塞がれた。人生一寸先は闇というが、誰がこのような境遇に置かれることを想像しただろうか。

おつやは、松之助の肩に着古した下着を掛けてやった。

「すまないねえ……」

小さな声で松之助は言った。すると幸吉が、

「私もまだお金を稼げる身分じゃ無いからね。おとっつぁん、あの数珠を売れば、下着の一枚ぐらい難なく買えるじゃないか……」

そう言って、もう一度行李に走ると、中から布地に包んだものを取りだして持って来た。

「あああ……」

松之助はそれを阻止しようと手を伸ばすが、幸吉はおつやの前にそれを置き、包みを開けた。

「まあ……」

おつやは驚いた。水晶の数珠だった。かつて別れの時に、松之助がおつやに作ってやると言って見せた、あの水晶の珠の数珠だった。

「おまえさん……これは私に作ってくれた数珠ですね」

おつやは数珠を手にとり松之助を見た。松之助はこくりと頷く。

「おっかさん……」

驚いているのは幸吉だった。そうか、そうだったのかと幸吉の顔は言っている。長い間途切れていた糸が、再び繋がった、そんな気がした。

「雪だ、雪が降ってきたぞ！」

長屋の路地で、子供達のはしゃぐ声が聞こえてきた。

幸吉が立っていって裏の戸を開けた。ちらちらと雪が舞い落ちてくるのが、部屋の中からも見える。三人は黙って落ちてくる雪を眺めた。

おつやの脳裏には、幸吉が雪を頭や肩に受けながら、雪うさぎを作っていたあの光景が浮かんでいる。きっと松之助も幸吉も、同じ光景を見ているに違いない。

――雪よふれ……。

おつやは心の中で呟いた。

春北風（はるならい）

和田はつ子

和田はつ子（わだ・はつこ）
東京都生まれ。一九八六年に発表した『よい子できる子に明日はない』が橋田壽賀子氏のテレビドラマ『お入学』の原作となり、注目を集める。現代小説作品では『ママに捧げる殺人』『心理分析官』など。時代小説作品としては「口中医桂助事件帖」「ゆめ姫事件帖」「料理人季蔵捕物控」「花人始末」シリーズなど。

一

お千代は夜中に目を覚ました。このところの習慣になってしまっている。立春は近いものの日々かなり冷え込む。綿入れを肩に引っかけて起き出したのは、このまま眠れずにいることがわかっていたからだった。

灯りを点して枕元に置いてある菓子箱を横に置き、ひとまず布団を二つ折に片付け、座布団を出して座った。灯りは魚油で布団は煎餅布団、座布団は繕い続けてもすぐに穴が空いた。梅吉長屋で暮らしてきたお千代は産婆を辞めたせいで、そろそろ店賃（たなちん）にも事欠くありさまになっている。

お千代は菓子箱の中から鋏（はさみ）や針、糸の裁縫道具と縮緬（ちりめん）の端切れを取り出した。

お千代の実家は小さな草紙屋で浮世絵や紙人形、紙雛等の江戸土産の他につまみ花を売っていた。つまみ花は可愛らしいうえに品があるとして結構人気があり、よく売れた。つまみ花を拵（こしら）えるのは母の仕事で、お千代は幼い頃から手伝った。売り物のつまみ花はさまざまな色合いではあったが、どれも同じ梅の花の形だった。

起き出したお千代は丸く切り取った縮緬生地で無心につまみ花を拵えていた。縮緬生地をつまむように縫い縮め、形を整えて縫い留め、糸を渡して五弁の花びらを作り、残った糸を重ねて蘂にまとめて縫い付けて仕上げる。

生まれつき手先の器用だったお千代に母は、

「上手い、上手い、お千代の手は宝だね。でも女は自分の手で粥を啜るようになっては駄目だよ」

折あるごとに褒めつつも釘を刺すのを忘れなかった。

そんな母の想いは叶って、器量を見込まれたお千代は米問屋に嫁した。玉の輿である。そして身籠りはしたものの、赤子は死んで生まれた。女の子だった。周囲はまた次の子がすぐできると励ましたが、すっかり憔悴しきってしまったお千代はこの不運を乗り越えることができなかった。

鬱々とした日々を送っているうちに、夫は奉公人の若い女に手をつけ、その女は身籠った。それを知ったお千代は迷いなく家を出たが帰るところはもうなかった。悪いことは続くもので、実家の草紙屋はお千代が我が子を失ってほどなく、大火の飛び火で全焼、両親も後を継いでいた弟も巻き込まれて、命を落としていたのである。

天涯孤独となったお千代は口入屋を何軒も回り、産婆の住み込みの弟子という職を得た。もとより愛想下手だとわかっていたので、客相手の商いは考えつかなかった。

まさか、つまみ花作りで暮らしが立つとは思えないでいると、口入屋がお千代の小さい手と細い指に目をつけてくれた。その手指が器用なら弟子にしてもいいと言っている産婆がいるという。

お千代はこの時、運命だと思った。そして我が子の死産から立ち直るためには、産婆になって死んで生まれる赤子を一人でも減らしたいと切に願った。

お千代は一人前の産婆になった。出産に駆け付ける前には必ず、「絶対死なせない」と神棚に手を合わせる。

いつしかお千代は容易ならざる難産でも巧みにとりあげて産声を上げさせ、「母子ともに健やか」と胸を張る評判の産婆になっていた。今までお千代がとりあげて死なせた母子は一人もいなかった。

そんなお千代がとりあげた赤子が、元気に産声をあげたというのに、ほどなくぐったりして息がなくなった。呼ばれた医者は首を傾げた。これを機に死んだ赤子の母親は枕から頭が上がらなくなった。

以来、お千代の心は自分が死産を経験した三十年前に舞い戻ってしまった。とにかく手指が動かず必要な施術ができない。

とうとうお千代は産婆を辞めた。そして伝手（つて）があった、端切れの振り売りをはじめたものの、石に躓(つまず)いて転んだせいで、膝を痛め、臥(ふ)すことが多くなった。多少は残っていた気力がここで完全にぷつんと切れた気がした。

　お千代は深夜に目が覚めるとしばらく眠れないとわかっている。眠れないと心の中は自身の死産の記憶と、自分がとりあげながら死なせてしまった赤子、落胆のあまり病に沈んだ母親への呵責一色になる。それが死ぬほどたまらない。なので、鋏と針、糸を操って、溜めていた縮緬で日々つまみ花を拵える。今のお千代にわかっているのは、何も考えない、無心になれる時というものがどれほど貴重かということだった。

　お千代はできあがった梅の花を行李に入れた。この日拵えた梅の花は偶然手にした縮緬が赤と白だったので、一本の梅の木に紅白の花が咲く源平梅になった。

　辺りが白んできて朝が訪れた。お千代は昨日の朝炊いた飯に湯をかけて朝餉にした。床を延べて横になるとうとうとしてきて、気がついた時には長屋のおかみさんたちの声が聞こえていた。井戸はお千代の家の真ん前にある。井戸端での洗濯がおかみさんたちの日課だった。お千代の話をしている。

「大丈夫かねえ、お千代さん、あの膝」

「長年の疲れが出たんだろうよ。産婆っていうのは昼も夜もなく呼びつけられるからね」

「でも、産婆だった頃のお千代さん、元気で生き生きしてたよ。なのにどうして辞めたんだろうね。産婆はお千代さんの天職だったのに」

「そうさね。あれで商売っけがあったら、こんなところにいやしない。お大尽の家でとりあげしてお蔵を建てて、弟子を従えて大威張りしてたっておかしくないのにねえ」

「欲のないのはいいけど、あの年齢（とし）で仕事を変えるのは辛いはずだよ」

「膝を痛めたのが運の尽きだったね」

「あれで歩けなくでもなったら。お千代さん、身内でもいるといいのに。知らない？　お千代さんのこと……」

「さあねえ、あの人、ここで一番の古株だから。それに、いつだって笑って聞いてるだけで、自分の方からは何も話さない人だし。ああいう人にはとかくあるもんなんだよ、隠してることいっぱい」

「しっ、滅多なこと言うもんじゃないよ」

そこでおかみさんたちの話は途切れかけたが、

「それにしても近頃、ここが空き巣に狙われてるって知ってたかい？」

話し好きな一人が話を変えた。

「こんなとこが？」

「まさか、嘘でしょ」

「ほんとだよ。もっともすごいお宝なんかここにあるわけないから、酒や青物、魚といった食べ物から着物なんかだけどね」

「物乞いが空き巣になったのかしら？」

「せちがらいご時世だから料理屋なんかも、気前よく物乞いに施さなくなったのかも……」

「そんなこたあないよ、物乞いは物乞いの誇りってもんがあって、空き巣みたいな盗みは働かないと信じたいね」

お千代はおかみさんたちの止めどもない話を聞いていた。おかみさんたちはお千代が、膝を痛めてだらだら寝付いてしまっていた間、握り飯やきんぴら牛蒡、煮豆等の菜を差し入れしてくれたりして、なにくれと気にかけてくれていたのだった。もとよりお千代は詮索好きが玉に瑕(きず)のおかみさんたちの厚意をいつも有難く感じていた。

何かお礼をしたいと思いついたお千代は布団を上げて身仕舞をすると、行李の中のつまみ花を外で聞こえている声の数だけ手にして油障子を引いた。

「お世話をかけました」

礼を言いながら一人一人につまみ花の梅を手渡すと、

「わあ、綺麗っ」

「いいねえ、この形、今の時季の梅の花だろう？」

「気を遣わせたようで悪かったねえ。話、聞こえちまってたんだね。そんなつもりなかったんだけどね。ありがと。これでうちのあばら家も梅園に早変わりさ」

おかみさんたちは大喜びした後、

「おや、お千代さん、足の運びよくなってるよ。よかったね」

「ほんとだ、顔色もよくなってる」

「梅園で思い出した。今頃の梅屋敷は梅の花見で賑わってるってさ。どうだい、お千代さん、足も大事なくなったみたいだし、梅屋敷まで出かけては」

「そうだよ、籠ってばかりいたんだから、ぱっと明るい紅い花を見たり、いい香りを嗅ぐのは悪くないよ」

「せっかくそうやって身仕舞したんだし、天気だっていいし勿体ない」

足の恢復と花見を結びつけた。

そもそもお千代はこうした成り行きに逆らえる質ではなかったから、

「それではそうさせていただきましょう」

笑顔で頷くと長屋の木戸を出た。

梅屋敷とは亀戸天神の近くにある梅農家である。ここには薄い紅色で、とても香りが良い大きな梅の古木がある。この時季、主は大勢の梅見客を茶でもてなして、自家製の梅干しを売るなど、農閑期の商いに精を出している。

お千代がおかみさんたちの言葉に従った理由は他にもあった。産婆をしていた頃には忙しさで花見は一切叶わなかったが、子どもの頃のお千代は花見、特に梅見が好きだった。始終拵えるのを手伝っているつまみ花が梅だったせいもあるが、ずっと源平梅に心惹かれていたからであった。

一本の木に紅と白の花が咲くのを源平咲きと言い、梅の場合、紅梅の木に何かの偶然で白梅が混じって咲き続ける。その逆はない。源平梅のことは幼い頃、一家で繰り出した近所での梅見の折、源平梅を見つけた知りたがり屋の弟が梅園の主に尋ねて、お千代も知ったのである。

梅屋敷の梅は紅梅だと聞いていたお千代は是非とも、また、源平梅に出会いたかった。お千代の心は家族が揃っていて楽しかった子どもの頃の思い出にすがりつつ、今この時から逃げていた。

梅屋敷は大変な人出であった。お千代は人と花盛りの梅の木の間を縫って源平梅を探した。一刻（約二時間）近く探したが見つからず、主が差し出す湯呑みを手にして緋毛氈(ひもうせん)の上に腰を下ろすしかなかった。もう一度と思い梅屋敷を巡ったものの虚しく戻ってくると、主が湯呑みを差し出したまま受け取ってもらえず、困惑気味に相手の若い女と向かい合っているのに出くわした。

「たしかに去年のこの時季には源平梅があったはずです」

縞木綿の細い身体の肩が思い詰めて震えている。

「さあ、そんなもんあったかな」

「滅多に見られない二色の花に気がつかないなんて」

「まあねえ」

「なのに……どうして、今はもうないんですか？」

怒りが加わって肩の震えが一層ひどくなった。

「そうは言ってもうちは紅梅で知られてるんでね、正直に言うよ、『源平咲き』は始末した。そんなに気に入ってるんなら見かけた時に言ってくれりゃ、お売りしましたのに。さ、とにかくお茶をどうぞ」

主は言い捨てると、湯呑みを盆ごと緋毛氈の上に置き、土産にと梅干しを見ている他の客へと愛想笑いを浮かべて近づいた。

意気消沈した縞木綿の細い身体ががっくりと肩を落として、お千代の見ている前から遠ざかって行った。肩はまだ震えていてよろよろとした頼りない足取りであった。

あんなに若いのに今のわたしよりよほど弱っているとお千代は案じた。自分と同じように源平梅を見たいと熱望している人が、ここにもいるのだと思うとなぜかうれしかった。思わず後を追ってみたが、気になったその姿はもう見つからなかった。

この夜は昼間の日和からは考えられないほど空が荒れた。夜半からの雨まじりの強風にお千代はなかなか寝付けなかった。長屋の路地を風がひゅーひゅーと音を立てて吹き、雨が油障子を叩く。木戸の向こうの通りからは仕舞い忘れた床几(しょうぎ)が店の大戸にあたる音も聞こえる。お千代は夜着(よぎ)を頭の上まで引っ張った。

明け方近くになってぽつり、ぽつりと雨が天井から落ちてきた。とりあえずは布団を雨が落ちてこない場所に移し、横になった。ごーっという風の音に前後してざーっと雨足が響くと雨漏りがひどくなってきた。お千代は布団を畳むと、手持ちの鍋や盥(たらい)を雨が落ちてくる下に置いた。しかし、それだけでは足りなかった。

お千代は意を決してざあざあ降りの家の外へと出た。奥のどん詰まりには大盥があったはず。雨の中で息ができなくなるかのように感じながら、ざぶん、ざぶんと大雨を浴びつつ腰をかがめ、足を引きずりながら、奥へ歩く。

見つけた大盥はすでに泥水で溢れている。手で泥水を掬うが、なかなか泥水は減らない。渾身の力を込めて、大盥の縁を持ち上げ、泥水を土の上にぶちまけ、空にしてから引きずるようにして運ぶ。

今度は家へ向かうのだが、これ以上はあり得なかったはずの雨足がまた一段と強まった。肩にどしんと降り掛かって足を取られる。まるで自分が盥に浸けられる洗濯物になったかのようだった。なかなか前に進めない。ゆっくりと進むしかない。膝のあたりが痛くなり、立ち止まり、膝をさすりながら長屋の木戸の方をちらと見た。

あっと声を上げかけたのは倒れているのが人に見えたからだった。まさかとは思いつつ、お千代は木戸を目指した。

前にやはり今日のような雨風の強い日、女房が産気づいたことを報せに辿り着いた火消しの亭主がこうしてしばらく動けずにいたことがあった。風向きもあるがこのような時、木戸の前は長屋の中よりもずっと雨風がひどい。それと雨は濡れそぼるだけだが風には吹き飛ばされてしまう。

木戸に向けて進んだお千代はやっと倒れているのが人であることを見極めた。そこからは風がごーーっとうなり声をあげている間はひたすら蹲り、続く雨がざーっと一度来た後、ざぶーんと川に飛び込むような気持ちで倒れている相手に近づいた。

驚いたことに、倒れていたのは梅屋敷で後を追ったあの震える肩の若い女だった。

縞木綿の着物と痩せぎすの身体をお千代は覚えていた。このまま朝まで放っておけば寒さで死ぬだろうと案じたお千代は、

「目を覚まして」

まずは声を掛けた。

相手はすでに気を失っている。

「眠らないで」

風雨の音に負けまいと大声を出した。寒さによる死は眠りと共に訪れる。

「眠っちゃ駄目」

こんなことで死なせるものかと思うと、躊躇(ためら)いなくお千代は若い女の頬をぴしゃぴしゃと何度も張り叩いた。夢中で二十ほど叩いた時、やっと、

「うーん」

軽い呻(うめ)き声で相手が一時目を開いた。

二

それから三日三晩お千代はその女の看病を続けた。産婆をしていたこともあって多

少は医術の心得がある。高い熱を出した若い女にお千代はとっておきの葛根湯を与え続けて付き添った。

――おや――

着ていた物を取り換えた時、はっとした。両腕、両腿、胸、腹、背中等、縞木綿の着物で隠れていた身体のあちこちに新旧の打ち身の痕が残っている。

これとよく似た痕をお千代は産婦の身体に見たことがあった。はじめて目にしたのは女の生き定めと言われているお産の真っ最中であった。

露わになって陣痛に波打つ腹部だけに痕がない。痛みのあまり、障子の桟も見えず、弱々しく息を続けていた産婦から突然、

「誰にも言わないでね、特にうちの人には。言ったら殺される」

怯えた目ではっきりと口止めされた。

この時までお千代はまだ、自分というものがありながら、他の女に手を出した元夫を恨む気持ちがあったものの、赤黒かったり黄みがかっているそれらの痕にすっきりと氷解させられた。世の中にはさらなる痛手を女に負わせる男がいるのだとわかったからであった。それとそもそもが見込まれた玉の輿で、自分の方から夜も日も明けぬほど燃え上がった男ではなかった。

――あんなにあっさりと別れて家を出られたのはきっとそのせいもある――

とはいえ、これはお千代の事情で、着物の下の身体に傷痕を隠している女たちの多くは、逃げずに相手の元に居続ける。壁や柱に向かって突き飛ばされ、さんざん打ち据えられ、焼け火箸を押し付けられる日々の中で、殺されると常に怯えつつもである。

逃げない女たちの中には、

「そうは言ってもね、あたしにひどい仕打ちをした後のうちの人はすまない、すまないって子どもみたいに泣くんですよ。優しくもしてくれる。あたしの好物や綺麗な小物を買ってきてくれることだってあるしね」

夫の非道を庇う者もいた。だがお千代はそんな一人が母親になって、生まれた赤子もろとも夫に殺されてしまった例を幾例も知っていた。表向きは急な病とされる。そんな時お千代はそれが自分がとりあげた赤子であったりすると、生き定めに勝った母親の命ともども心から悔しかった。一度ならず夫に向かって「人殺し、母子殺し」と叫び、怒鳴り込もうと思い詰めたほどであった。

そんなお千代が思い止まったのは、

「殺されてもいいほど相手を好きだと思えるのも女の哀しい性(さが)なんだから、あんたが仕返ししても喜ぶとは限らないわよ」

　産婆仲間の一人に諭されたからであった。

──向こうの女には子ができて、わたしは子を死産した。夫と別れたのはただそれだけの理由──

　もとよりお千代には理解しにくい複雑すぎる女心だった。

　重湯、五分粥、七分粥と進んで若い女は順調に恢復していった。お千代は当惑気味に世話を続けた。もともと産婦を励ます言葉以外の口数は少ない。相手の名も聞かずじまいで助けてから五日が経った。若い女の方も、

「ありがとうございました」

　ぽつりと一言礼を言っただけであった。

　二人は身近にいるのだが心の距離は少しも縮まらない。お千代にとってこの女は梅屋敷で震える肩を見かけた時のままであった。それと女が治癒するにつれてお千代は束の間忘れていた、産声を上げながらも死んでしまった赤子のことを思い出した。続いて、死んで生まれた自分の女児のことも……。

　眠れない夜が戻ってきた。お千代はまた、夜中に起き出してつまみ花を拵え始めた。今までは適当にさまざまな色柄の縮緬で拵えていたが、気が付くと、紅白の二色、女が梅屋敷の主に詰め寄るほど見たがっていた源平梅ばかり拵えていた。

お千代はいずれ出て行くであろうその女に、つまみ花の源平梅を持たせてやろうと思っている。その時は紅白梅と名を変えて渡すつもりでいた。白梅である男から紅梅の女は、逃げることなどできはしないとしても、せめて、命だけは大事にしてほしいと切に願っている。

ある夜、無心に針を運んでいると若い女の視線に気がついた。眠っていなかったのである。

目と目が合った時、若い女の口元が緩んで、お千代は初めてそこに女の微笑を見た。お千代も微笑を返したかったが、なぜか固い表情のままだった。針と縫いかけの布を膝の上に取り落としてしまっていたからである。あんなに自慢に思っていた指が今なお震えてしまうことを知ってお千代は愕然とした。

その若い女は狸寝入りが得意だった。

「お千代さん、お千代さん」

お千代が近くで倒れていた若い女を助けたことがわかると、日々おかみさんたちが代わる代わる訪ねてきた。高熱が下がらずに予断を許さなかった当初は、

「ごめんなさいね」

お千代が病床の前に立ちはだかった。治ってきてからは戸口に気配がすると、その

女は開いていた目を閉じる。

「具合はどうなの？」

おかみさんたちはお千代の家へと上り込む。

「若いっていうのに痩せてるねえ」

「よほど弱ってたから中々よくならないんだろうね」

「咳はしない？　労咳（結核）だったら困るよね」

その手の言葉を女は狸寝入りで躱（かわ）し続けたのだったが、とうとう、ある日、

「あら、元気になってるじゃない」

断りもなくいきなり飛び込んできた一人が頓狂な声を上げると、

「あたし、里って言います。お千代さんの姪です。江戸に憧れてお千代さんを頼って田舎から出てきたんですけど、はしゃいであちこち遊び回り過ぎたのがいけなかったのかしら、とうとう熱を出してしまって、ここにはすっかりお世話になっちゃって」

名乗っただけではなく、明るい口調でぺらぺらと嘘を並べ立てて微笑んだ。ただし、その微笑はお千代が無心に針を運んでいた夜中に見せたあの自然な微笑とは別物だった。わざと貼りつかせた作りものの笑顔で嘘の饒舌（じょうぜつ）と相俟（あいま）っていた。

「おや、驚いた。お千代さんに姪が居たなんて初めて知ったもの」

　飛び込んできたおかみさんはお千代の方を見たが、お千代は無言であった。さすがに嘘には同調できない。

「どうしたの？　お千代さん、顔色がよくないよ。今度はあんたが具合を悪くしたのかい？」

「いいえ、いいえ。でも、まあ、多少は看病疲れが出たのかもしれませんけど。もう若くはありませんからね」

　お千代が苦笑すると、そのおかみさんは出て行った。

　お里の顔からはすでに微笑が消えている。細面の整った顔が能面のように見えた。その様子にお千代は裡に沈んでいる深い悩みと苦しみを見て取った。これだけの嘘が言える相手は油断がならないにしても、今、その嘘を責め立てて出て行けとはとても言えない。それに……。

「しばらくここに置いていただけませんか？」

　お里が切り出した。

「しばらくってどのくらい？」

　お千代は不安と期待の入り混じった複雑な気持ちになっていた。

「半月ほどです。あたし、働きます。実は季寄せ売りの仕事なら、いつでも品物をまわすからって言ってくれてる知り合いがいるんです。働き終えた後、ここへ戻ってきますから寝かせてください。お願いします。店賃はあたしが半分払います」

　お里は言い切り、

「それなら……」

　お千代はこの申し入れを受け入れた。ここへ住むようになってから欠かしたことのない店賃を、この先もきちんと払えるか不安だったので、律儀なお千代としては有難かった。

　こうしてお千代とお里はしばらく共に一つの屋根の下で暮らすことになった。

　――こんな痩せぎすな身体でまだ痛むだろう打ち身まであって、季寄せ売りなんていう仕事がつとまるものかしら？――

　知らずとお千代はさらにお里を案じていた。

　ちなみに季寄せ売りとは時季に応じた風物を扱う仕事で、春なら桜草、夏は七夕の竹、秋はすすきで寒い今頃は福寿草や菜の花といったささやかな風物品の振り売りであった。棒手振りと変わらないが、ある程度の売れ行きが見込める魚や浅蜊、蜆売り等のようにはいかない。にもかかわらず、仕事に出て何日かするとお里は、

「はい、あたしの分の店賃」

ぽんと約束の店賃の半分を差し出してお千代を驚かした。

――こんなまとまったお金、季寄せで？――

気になったお千代はお里が売り歩いているという、日本橋から京橋界隈を探し歩いてみた。転んで痛めた足は歩くとまだ多少応えた。お里の話が本当なら今頃、菜の花の束を背負い、福寿草の鉢植えを天秤棒で担いでいるはずだった。ところがその姿がなかなか見つからず、さらに探し続けたお千代は、

――それとも――

ある疑惑に囚われた。自分にも長屋の皆にも言えない仕事をしているのではないか……。若くて十人並みの器量の女なら簡単に稼げる仕事はいくらでもある。独特の傷痕を好む好き者とていないとは限らない。

しかし、そうであったとしても、親でも姉妹でもない自分がお里に訊きただすことなどできはしない。そうとわかっているだけにお千代の心は千々に乱れた。胸の辺りも詰まり気味だった。この感情は死なせた子どもたちへの想いとはまた別のものとどこかでつながっている。とにかく苦しい。

――わたしの思っているようだったらどうしよう――

お千代がふうと大きくため息をついて路上に屈み込みたくなった時、三間（五・四メー

トル）ほど先の辻に菜の花を背負い、天秤棒を担いでいるお里の後ろ姿が見えた。呼び止められたらしく、立ち止まって天秤棒の笊から福寿草の鉢を下ろして相手に見せている。促されたのだろう、背負っている菜の花も下ろし始めた。

――売れてほしい、どうか買ってあげて――

お千代は店賃のためではなくお里のために祈った。ところがほどなく、福寿草の鉢も菜の花も元の場所に戻されてお里は季寄せの仕事を続けていく。

――痩せぎすの身体のどこにあんな力があるのか――

その後、お千代は八ツ時（午後二時頃）ぐらいまで密かにお里を尾行たが、その後は梅吉長屋に戻った。夕方近くに帰ってきたお里は、

「ただいま」

とだけ告げて井戸端で手足を洗い、お千代が用意した夕餉の箸を取った。

お千代は働いて戻ってくるお里のために大根の味噌汁のほかに昆布と油揚げの煮付け、ひじきの白あえ、小松菜のお浸し等の菜を日替わりで用意し、一緒に箸を動かした。

「どこをまわったの？」

「日本橋界隈」

「売れ行きは？」

「まあ、それなりに」

「天秤棒、重くない？」

「別に」

依然として会話はなかなか続かなかった。

他愛ない会話なら一度だけあった。

「どうしてここ、梅吉長屋っていうんですか？」

珍しくお里から訊いてきた。

「大家さんの名かしらと思ったんだけどそうではないんですって。昔、ここも梅が咲いててそこを吉三さんという人が買って、長屋にしたんで梅吉長屋になったんだそうよ」

お千代はおかみさんたちから聞いた話をした。おかみさんたちは一番古株のお千代がそんなことも知らないのかと訝りつつ話してくれたのだった。

「あたし、ここにしばらく居させてもらおうって思ったのは梅吉長屋って名だったから……」

お里の言葉に、

「あら、偶然、わたしもよ。梅は見るのも食べるのも好きだからいいなって思ってここに住むことにしたの。それともう一つの偶然はお里っていうあなたの名、お腹の中にいるうちにつけておいた、わたしの子の名なんですよ」

やや興奮気味にお千代が応えると、相手は急に黙り込んで相づちも打たなくなり、ここで他愛ない会話は完全に終わった。

それでも気になるお千代はお里と話そうと努め続けた。たとえ死んだ娘と名が一緒だったというだけのことでも、お里が好まないとわかったので、自分たちの話は避けて、ここ一番、長屋の皆の間で噂が絶えない空き巣を話の糸口にしてみることにした。

「物乞いが空き巣をしてるんじゃないかって話もあったのだけれど、風邪予防に作った金柑の甘煮がなくなってたり、子どもたちが大好きなほかほかの芋を、持ってかれたりしてるんですよ。それと一番ひどいと思ったのは、わたしの次に長くここに住んでるお好婆さんの平打ちの簪。亡くなった優しいご亭主と夫婦になった時、買ってもらったそうなの。それを入れといた箱も。その箱ごとなくなったってわかった時、お好婆さん、涙ってこんなに出るもんだと思わなかったほど泣けたって。なくなったのは物じゃなくて、家族の思い出だって。何だかわたしも身につまされて……」

知らずとお千代は目頭を押さえていた。お千代とて寂しさのあまり、自分の家族の思い出をたぐり寄せたくて、源平梅のつまみ花に熱中せずにはいられなかった。お千代の源平梅は盗られてもまた縫えば拵えることができるが、お好の簪はそうはいかない。

「お好さんの平打ち簪の代わりにわたしの源平梅が盗られればよかったのにねえ」

お千代は掠(かす)れ声で洩らした。

突然、あろうことか、お里が啜り泣きだした。だんだん泣き声が大きくなる。その肩が震えている。

——まさか——

空き巣とお里の受けた心身の傷痕がつながっているとはとても思えなかった。けれども、世の中にはおよそ、あり得ないことはほとんどないのだと年の功で知っているお千代は、

——相手を殴る、蹴るする男がけちな盗っ人だってこともある——

「どうしたの？　大丈夫よ、大丈夫」

お里の震える肩をそっと優しく撫でようとした。だがお里はその手を邪慳に払い除け、おいおいと子どものように泣き続けるばかりだった。

三

日々の仕事で疲れているはずなのにお里は寝ついてから、うなされて目を覚ますことがたびたびあった。そんな時、隣で寝ているお千代も目が覚めてしまうのだが、寝がえりを打って顔を見せず、あえて狸寝入りを決め込んだ。

お千代がつまみ花を拵えるのは毎夜ではなくなっていたが、なぜかうなされていなくてもお里はその気配で目を覚ました。そして慌ててお千代がそうしているように狸寝入りをした。阿吽(あうん)の呼吸で二人は狸寝入りを続けた。

お里は長屋のおかみさんたちに可愛がられた。お千代と居る時とは違って、満面の笑みを振りまいて饒舌の上、小言にも嫌な顔一つ見せず気働きにも長けていたからである。

三十代半ばほどの年齢(とし)で乳飲み子を背負っているおかみさんは、お里の若さが眩しいらしく、

「あんたがそんなに痩せてるの、おおかた流行りの千筋と二筋の縞合わせか、茶屋娘の梅幸茶(ばいこうちゃ)でも着るつもりなんだろ？」

などと皮肉ると、

「まさかあ、ああいう粋は美人しか似合いませんよ。あたしなんか駄目。痩せてるのは子どもの頃からで、食が細いんですよぉ」

当人はふわふわと笑って躱した。ちなみに千筋と二筋の縞合わせとは着物と帯の縞を組み合わせる着方で、梅幸茶は薄緑がかった茶色の無地であった。

「そうかい。でもそんなこと言わずに、お食べよ。美味しいんだよ、あたしの作るふくれ饅頭。これを亭主は女をどっかに忘れてきた、おまえの顔と身体つきだなんていうけど、女はねえ、子どもが小さい時は、なりふりなんてかまっちゃいられないもんなんだよ」

お里よりやや年上の料理好きでやや太目のおかみさんにふくれ饅頭を勧められると、

「いただきまあす」

お里は遠慮なく巨大なふくれ饅頭を食べた。このおかみさんの拵えるふくれ饅頭は小麦の粉を水で溶いて砂糖と塩一つまみで甘味をつけ、丼に入れて蒸し上げただけのものである。

「それでも子どもはいいもんだよ、たとえ子どもを産むたびに皺一つ増えて、歯が一本失くなってもかけがえがないのが子どもってもんさ。それがあたしの自慢」

おかみさんの着物の両袖に、歩き始めたばかりの子とそれよりは年上の男の子がしがみついている。傍にはさらに年上の女の子がふくれっ面をして立っている。その女の子はふくれ饅頭を食べられなかったからか、母親にかまってもらえなくてつまらなかったのか、泣き出してしまった。

「あんたは姉ちゃんなんだから、泣くんじゃないっ」

叱りつけるそのおかみさんの声は、さっきの子沢山を自慢していたのと同じ人物のものとは思えないほど、疲れていた。

するとお里は、

「泣いてないであたしと遊ぼう、遊ぼうよ。さあさ、何がいいかな？　お手玉？　あやとり？」

泣いている女の子に、にこにこと笑いかけた。お千代はお里のこの笑いが愛想笑いとは別物であることを見抜いた。

――この娘は子どもに優しい――

ほかの時にも井戸端で、お里の目が子どもたちや特に赤子に吸い寄せられているのをお千代は何度も見た。赤子が泣き始めると急にそわそわして落ち着かなくもなった。たまらなくなってその家を訪れ、子守りを買って出ることまであった。おかげで、お里は随分重宝がられている。

お千代は不思議に感じつつもお里に訊くことはしなかった。

――特に気になるのは赤子のよう、でもどうして？――

「朝はあたしがやります。お千代さん、まだ足が痛むでしょうから」

お里の方から言い出して朝餉は握り飯になった。家の中でのお千代は足をまだ引きずっていた。約束の半月が近づいている。我ながら恥ずかしいとは思うのだが、足の悪い自分を見捨てては、お里も出て行けないのではないかと心が身体に告げていた。実はもうほとんど痛まない。

お千代が支度した夕餉には蛤の剝き身と切り干し大根をさっと煮た剝き身切り干しや、いわしの塩焼き、具が鮪の味噌汁、鮪の切り身を醬油甘辛味のタレにつけて焼いた鮪のきじ焼き等も日によって加わりはじめた。お里に安くて滋養のあるものを食べさせたい一心であった。

特に脂が多くて猫でさえまたいで通ることから猫またぎとも言われ、時に魚屋が無料にしてくれる鮪は料理次第で精もついて美味である。食べ物でお里を釣ろうとしているふしもあるのだが、大袈裟に足の痛みを見せつけるよりはずっと呵責が小さかった。

　お千代は毎日、魚売りの声が聞こえると財布を握りしめて家から走り出るようになり、おかみさんたちの噂の的になった。

「よかったね、お千代さん」

「足もすっかり元通りじゃないか」

「あの娘のおかげだろうね。いいねえ、やっぱり血の通った身内が何よりだよ」

「このまま居着いてくれりゃ、お千代さんも万々歳ってとこだろうさ」

「それでも、婿っていうつくものがつきゃあ、いくら何でも一間っきりの長屋住まいってえわけにはいくまいよ」

「二人とも行っちまうのかい」

「そうだよ」

「きっと仕舞屋（しもたや）に住むんだろうね」

　一時しんみりしたおかみさんたちだったが、

「そりゃあ、その婿に甲斐性があればだよ。なけりゃ、ここにいてせいぜい気張って二軒借りるだけのことさ」

「そうなりゃ、あのお千代さんたちと別れないですむね」

「そうともさ」

「こっちもよかったあ」

　頷き合って安堵した。

　さらにおかみさんたちの話は続く。

「それにしてもお好婆さんのとこへ平打ちの簪が箱入りで戻ったってよ」

「本当かい？」

「お好さん、あれだけがっかりしてたんだもの、嘘や冗談で言える話じゃないよ」

「お好さんが買い直したんじゃなくて？」

「お好さんにそんなお金なんてあるわけないじゃない」

「それじゃ、どうして戻ったのさ。まさか、簪が勝手にここへ戻ってきたなんてことはないだろうに」

「空き巣が返しに来たんだよ。朝起きてみたら戻ってたって」

「へえ、空き巣にも良心があったんだね」

「次に戻ってくるのはお玲さんが今年が最後だって着てた晴れ着じゃない？　あれ、娘のお美代ちゃんの七つのお祝いに仕立て直すつもりだったのに、盗まれちゃったんだからたまらない。可哀相にお美代ちゃん、わあわあ泣いてた」

「そこまでやったら、何のために空き巣をするんだかわからないじゃないか。でも、お玲さんとこの晴れ着、戻ってきてほしいよ。母娘でたった一枚の晴れ着なんだもの」

「あたしゃ、盗ったものを返すなんていう空き巣初めて聞いたよ。どんな奴だか顔を見てみたいね」

「それお里ちゃんだったりして」

「ええっ!! 何でまた……」

「実はね、あたし、夜更けて物音がしたんで、出てみたら、あのお里ちゃんがお好さんのとこに入るとこだったのよ。見たのよね。物音は間抜けな猫が掃き溜めにぶつかる音だったけど」

「何か用があったのかもしれない」

「でも、どこも寝てる頃だよ」

「見間違いじゃない？　幽霊の正体見たり枯れ尾花ってね……」

「だよ、きっと。あんないい娘が空き巣なわけない。それにそもそもお千代さんの姪っこなんだし」

「そんな気もしてきた」

「本物の空き巣、とんだ馬鹿面だったりして」

「案外真面目面、役者みたいにいい男だったとかさ……」

そこでわあと嬌声が上がった。

話をお千代は、お里が働きに出ている間の家の中で聞いていた。青ざめて鼓動がどきんどきんと激しく波打っている。お千代は初めて否定しようもない疑惑、そして酷な真実に行き当たっていた。

その夜、お里は珍しくうなされずに起き出した。寝たふりをしただけだったのだろう。立ち上がると、どこに隠してあったのか風呂敷包みを手にして、この寒さの中を外へと出て行く。

お千代はいつものように狸寝入りを決め込むつもりだったが、お里が今度は夜歩きの病に罹(かか)ったのか、それともまさかと気になって、夜着を撥(は)ね退け、お里の後をそっと追った。

空まで凍てついているかのような冷たい月夜だった。この時、お里はお玲の家の前で立ち止まり、左右を見廻していた。お千代は井戸の後ろに隠れた。そこからお里がお玲の家の油障子を静かに引いて中に入っていく姿が見えた。

――空き巣があの娘だったなんて――

あまりの驚きをどう鎮めていいかわからず、動転したお千代は身体を縮めるようにして、井戸の後ろで蹲(うずくま)り、ひたすら手を合わせた。

——神様、どうか、怒らずに助けてやってください。きっとひどい目に遭って逃げて食うや食わずの出来心なんです。あんなに子どもに優しいお里ちゃん、生まれながら性根が腐ってなんているはずないんです——

そう繰り返すと幾らか心が鎮まって、お千代は自分の家の油障子をやっと引くことができた。

そこにはお里が居た。すでにお里の布団は片づけてある。お千代に助けられた時に着ていた擦り切れかけた縞木綿に着替えて座っていた。

「ここで空き巣をしていたのはあたしです。助けられた夜も狙ってここへ来たんです。それなのに、こんなにお世話になって……。お千代さん、すみませんでした。あたし、夜が明けたらここを出て行きます。そしてもう二度と姿は見せません。本当です。信じてください。だからお願い、くれぐれも番屋にだけは報せないでください。お願いです」

お里は板敷に頭をこすりつけた。

「番屋に届けるつもりなんてありません。それより、顔を上げて。どうして空き巣なんかしてたのか正直に話してちょうだい」

お千代は穏やかに訊いた。

「わかりました」

お里はようやく話しはじめた。お里は孤児を集めて育てる尼寺の前で拾われて大きくなった、捨て子だった。尼寺では年上の女の子が、男女を問わず年下の子らの世話をしなければならなかったので、お里は子どもたちの世話に長けていた。

そのうちに自分の血を分けた子に恵まれたいと思い始めたが、孤児はなかなか嫁の貰い手がないのだという世の中の壁にぶちあたった。しかし、このまま死ぬまで尼寺にいるのは嫌だった。

そんな折、役目でその尼寺に見廻りにきていた岡っ引きの吾七と知り合った。年齢は十五も上だったが何より強く望まれたというのがうれしくて夫婦になった。

ところがその吾七は酒を飲むと悪鬼さながらだった。打つ、殴る、蹴るの凄まじさが続いて、このままでは殺されると思った。吾七には先に五人もの女房がいて、みな夫婦になって三年と経たないうちに死んでいた。身寄りのなかった五人は吾七にいたぶり殺されたのだったが病死と届けられていた。

この話を知ったお里は吾七の元から逃げた。しかし行く当てはなかった。尼寺に戻ることは考えなかった。孤児女狙いの吾七は市中の尼寺への、富裕層からの布施を募るという善行を欠かさず、ここまでのことが起きていても尼寺側から一つも悪くは言われていなかったからである。

　市中を彷徨い歩くうちに、その日の食べ物にも事欠くようになり、廃屋で雨露をしのぎつつ、たびたび盗みに入ったのだという。盗みに入ったのは梅吉長屋だけではなかった。

　ほとんどの食べ物はお里の腹に収まるが、箱に入っている干し鮑や昆布は献残屋に持っていったものの、お里の身形で怪しまれ、ほうほうの体でそれらを置いたまま逃げ出したこともあった。着物は古着屋や見倒屋に持ち込んで、銭にかえていた。あの風雨の日も何度目かの梅吉長屋への忍び込みだった。

　聞いていたお千代は胸の辺りが切れたような痛みを感じて切なかった。

「でも、お千代さんにお世話になってこれじゃいけないと思いました。それで働き口を見つけて独りで暮らせる目途をつけようと思ったんです」

「これ、返した方がいいのかしら？」

　お千代はお里が渡してきた店賃の半金を掌に置いた。

「こういうのは女が売る方がいいって、季寄せの親方がまわしてくれた旬の赤貝と百合根で、今のところは何とかなってるんで大丈夫です。受け取ってください。平打ち簪と晴れ着はお返ししました。あと……」

お里が先を続けようとしたその時である。

「俺だぞぉ、本所の岡っ引き吾七だぞぉ、見つけた、見つけたぞぉ、女房鼠め。盗みでも働かなきゃ、食ってはいけねえのが亭主ってえ立派な籠から逃げ出しやがった、女房鼠ってえもんさ。やい、出て来いっ、女房鼠っ。いるのはわかっているんだ。これといった取柄もねえし、請け人（身元保証人）もいねえおめえを探すのは朝飯前だ」

下卑て野太い大声が長屋中に響き渡った。

「あの声……」

絶句したお里の肩が震え始めた。顔面はあの風雨で凍え死にかけていた時と同じくらい蒼白である。各家の油障子が引かれ下駄の音が続いた。驚いた住人たちが男女入り乱れて飛び出してきたのである。

「この吾七を舐めんなよぉ、梅吉長屋なんて、笑わせる、雨漏り長屋のこの蛆虫(うじむし)どもめ。お梅、どこだ、どこだ。言わねえと承知しねえぞ」

がんと大きな音がしてどこかの家の油障子が蹴り壊された。

「誰にも迷惑はかけられない……」

お里は土間へ下りて油障子を開けるとよろよろと歩いて吾七の前に立った。

「女房鼠が一匹ぃ、居た、居たぁ、居たぁぁ。そいつは生かすも殺すも亭主の勝手ぇ」

妙な節回しで怒鳴った吾七が、

「金輪際、もう逃げられねえように二目と見られねえ顔にしてやる」

振り上げた拳をお里の顔面に下ろそうとしたのと、さっと身を低くしたお千代が満身の力を込めて、吾七の片足を掬いあげるようにしてしがみついたのはほとんど同時だった。下ろされようとした吾七の拳が空を切った。

諦めて閉じていた目を開けたお里は、仰向けに倒れている大男の吾七と、ばたつかせているその足を転んでもまだ摑んで放さないお千代を見た。

四

お千代は、

「この娘はあんたの女房のお梅なんかじゃない、ここの皆が知っての通り、わたしの姪のお里だよ。お里には二度と近づかないでおくれ。今度、近づいたら何をするかわからないよ、覚悟しな」

鬼気迫る啖呵を切った。

「ち、畜生」

吾七が自由になるもう一方の足を振り上げた時、咄嗟に固まっていたはずのお里の身体が動き、吾七のその片足にむしゃぶりついた。

「な、何をしゃがるんだ」

吾七はなんとか女二人を振り払おうと必死になった。

この様子に、唖然と立ち尽くしていた長屋の人たちが、

「そうだよ、お千代さんの姪のお里ちゃんだよ」

「吾七親分たるもの、間違わないでくださいな」

「この世には探せば似た者が五人はいるっていうじゃないの」

攻撃すると、

「ようは他人の空似でさ」

老爺がしらっと言い添えた。

「今日は風が強くて埃だけじゃなしに塵まであるねえ」

おかみさんの一人が箒を持ち出すと、互いに示し合わせて頷き合った亭主たちは、各々の家の竈の灰を、

「埃ってこれかい？」

吾七めがけて投げつけ、

「すいませんねえ、吾七親分、埃ばかりの雨漏り長屋で。それでも塵まではいただけやせん。汚えもんは、こうして清めねえと申しわけねえ」

老爺は灰まみれの相手の顔に塩を撒いた。

二人は吾七の足を放した。

こうして吾七は退散せざるを得なくなったのだが、木戸を出る際、

「おまえら、覚えてろよ」

悔しまぎれに皆に毒づく一方、

「こんなことをしやがったことをおまえらだけじゃねえ、お梅、おまえも後悔するぜ。他人なんて信用なんねえ。同情だって一時だ。おめえみたいな女には俺以外に家族なんていねえんだぞ」

恐ろしい目でお里をねめつけた。

お里が身震いを隠せないでいると、

「きっとおまえは俺のとこへ戻る。独りぼっちは寂しいからな」

優し気な声を作った。

「ああ、もうあたし、駄目」

震える声で呟いたお里の身体の力が抜けて倒れそうになった。

「いい姿と声だ、それでこそ俺の女房のお梅だ。お梅、待ってるぜ。うんと可愛がってやる」

吾七はうそぶいた。この時お千代は、

「この娘はわたしの姪のお里ですよ、何度も言わせないでくださいよ」

お里に向けている吾七の視線を斬り捨てる勢いで言ってのけると、抱き留めたお里と共に吾七に背を向けた。

それから一月余りが過ぎた。立春の後は日一日と暖かさが増していく。おかみさんたちの井戸端での話も長くなってきた。

「あんなことがあったけど、今じゃ、お千代さんとお里ちゃん、ほんとの伯母さんと姪みたい」

「それを言うなら母娘でしょ。お千代さん、自分が産婆に戻っただけじゃなしに、お里ちゃんに教えてるんだから。子ども好きの上、手指が産婆に向いてる、筋がいいってお里ちゃんを褒めてたお千代さんたら、『親の欲目かしら?』なあんてさらっと言っちゃって」

「そういや、お千代さんの産婆仲間から聞いた話だけど、お千代さんが一時産婆を辞めたのは、自分のせいでとりあげた赤子を死なせたって思い込んだからだって。実は赤子の両親ともが質の悪い病に罹ってて、どう仕様もない始末だったらしい。それがわからないお千代さんじゃなかったのに、そんな風に自分ばかりを責めたのは、お千代さんには死産だった女の子がいたからなんだって。たくさん赤子をとりあげてきてても自分の子には死なれてたお千代さん、ふっと産婆をしてるのが虚しいほど寂しくなっちゃったんじゃないかって、その人は言ってた。そんな時にお里ちゃんに出会えて、吹っ切れたんじゃない。今や母娘同然なんだもの、もう言うことなし、めでたし、めでたしだよ」

「ひょんなことからあのつまみ梅が大売れしてることだしね。でも、いいことばかりとは限らない」

　多少声が低められた。

「二人がここにいてくれるのはうれしいけど、三日にあげず吾七親分の手下だっていうごろつきみたいなのがうろうろして、『お千代とお梅はどうしてる?』って訊かれるのはちょっとねえ……」

「亭主はただの脅しの嫌がらせだろうって言うんだけど、あいつが来るのは昼日中で亭主たちはたいてい居ない。年寄りやあたしたちだけだと、子どものことが心配なんだよね。あいつ、吾七親分の手下だけあって、言葉も仕草も荒っぽいし、もし、とばっちりで……」

「わかる、わかる、その気持ち」

「あの夜は大人が大勢だったからやれたけど、これ以上巻き込まれるのはご免だよ」

「だったら、この先どうしたら」

「どうしたらいいんだろうねえ」

おかみさんたちは途方に暮れていた。

家の中でお千代とお里はこの話を一緒にたまたま聞いてしまい、思わず顔を見合わせた。産婆を再開したお千代はお里と共に昼間も家を留守にすることが多かった。そのせいで吾七の手下に出くわしたことがなかったのだった。

今の二人はつまみ梅、対の紅白梅をせっせと拵えていた。産婆の筋がいいお里は朝餉の握り飯だけではなく、つまみ梅を拵えるのも難なくこなした。

紅白の縮緬地を使ったつまみ梅を『安産梅』と称して、試しに妊婦に贈ってみたところ、縁起がいいし可愛いとたいそう好評で我も我もと欲しがった。しかし、贈り続けるには費えがかかりすぎる。けれども、つまみ梅は二人の心を解けさせる。そのうえ人々に笑顔をもたらす。そこで、売り物にすることにした。

今やお千代とお里は産婆とその見習いとして出向く間を縫って、寝る間も惜しんでひたすら針を動かしている。そうでもしないと追いつかないほどの売れ行きであった。祝言の引き出物の一つとして『縁結び梅』を選ぶのが流行り始め、見舞いには『紅白快癒梅』等、呼び名を変えて用いられる。つまみ梅は万能贈答品になりつつあった。

「あんたのこと、お梅ちゃんと呼んだ方がいい？　あんた、きっと梅の花の時季、いい香りに包まれて生まれてきたんだね。どう？」

お千代はお里に確かめた。

「お梅はもう嫌っ。お梅っていうのはあたしを捨てた母親が赤子のあたしに握らせてた源平梅の枝に結んであった紙に書いてあった名で、物心ついた頃からずっとそう呼ばれてきた。けれど、吾七親分のこともあるしもう要らない。あたしは〝千代里〟のお里がいい。あたし、絶対お千代さんの娘と同じがいい」

〝千代里〟は二人が拵えるつまみ梅を売る店の名であった。〝産婆千代〟の看板の隣りに札を掛けてある。

「娘のお里が死んで生まれたのも、あんたがここの木戸で倒れてた時と同じような、春が近い冬の嵐の早朝だった。その時の辛さを産婆をしてきて乗り越えたつもりでいたけど、わたしは、ある日赤子を死なせてしまってね。それから、自慢の手指が動かなくなった。少しも乗り越えてはいないと気づいたわたしは産婆が続けられなくなってた。わたしも寄る年波だもの、思い詰めたのは死なせてしまったことと死産したことが被ったこともあったけど、他人様の子ばかりとりあげてきて、自分の来し方はいったい何だったのかという虚しさもあったんだよね。だからあの時のわたしにはあんたが自分の娘のように思えてならなかった。あんたがお里だと名乗って、名前が同じだとわかった時にはうれしくてうれしくて、死んだ娘の引き合わせかと思ったほどだった。そして、死んだ娘は生きて産んでくれなかった母親のわたしを恨んでなんぞいないとも……」

「それはそうだよ。あたしも産んでくれたおっかさんのこと、『塵みたいに捨ててひどい、ひどい』って責める気持ちもあったけど、やっぱり会いたかったもの……。お千代さんは『生きて、生きてて、会いたい』って大切に思ってたんでしょ。だから死んだお里ちゃんが恨んでるなんてこと、あり得ないと思う」

心の溝が取り払われた二人はこのところ、改まった話し方をしなくなっている。

「ここに居てくれるあんたをこんな近くで見るたびに、娘が生きてたらこんな娘に育ってるんだろうって思って、ぽっかり空いてしまってた心の穴が少しずつ埋まるのを感じたよ。それでもいずれあんたが出て行く時に笑って見送ってやれるようにと、『これはずっとじゃない、独りのわたしにも一時とはいえ掛け替えのない、いい死に土産がてきたんだ』って自分に言い聞かせてた。なのにこうやってまだ一緒に暮らしていられるなんてもう、有難すぎて……」

お千代は仕上げかけていたつまみ梅を膝に置いて溢れ出た涙を手の甲で拭った。

「あたしも時々この幸せが怖くなるの。あたしには過ぎた幸せじゃないかって。吾七親分の言う通り、あたしなんて生まれつき、誰かに家族だなんて想ってもらえないって、神様が決めてた塵だって」

「あんたは塵なんかじゃないよ。それにもう独りじゃない」

お千代は大きく首を横に振った。

「でも、だから吾七みたいな男とあんなことにもなったんじゃあないか、今も逃れられずにつきまとわれ続けるんじゃないか、人並みな幸せとは縁がないはずだって」

お里は手の指の間から糸のついた針を滑り落とした。

「人並みな幸せと縁がないなんてなに馬鹿なこと言ってんのよ」

外のおかみさんたちの気配がなくなり、お千代は声を荒らげた。

「両親の顔を知らないせいで我儘（わがまま）一つ言えず、遠慮しいしい尼寺で大きくなって、あんな図体の大きい蛭（ひる）みたいな男を頼っちまったあんたじゃないか。これからは人並みどころじゃない、幸せいっぱいに生きてほしいって、あんたを捨てたおっかさんだって願ってるはずだしね。お腹を痛めた我が子のことは決して忘れない……」

「けどあたしはお里がいい。一生懸命精進すればいい産婆になれる、他人様の役に立つだけじゃなしに一生糊口も凌げるって、お千代さんが見込んでくれた。赤子が生まれて、他人様の家に新しい家族が加わるのを見ることの出来る産婆の仕事ってすごい。産婆をしている時だけ、死んだお里のことを忘れられるってお千代さんは言ったよね。あたしはまだ無理だけど、精進してればきっといろんな嫌なこと忘れられるような気がしてる。だって命が生まれる場に一人で臨むのって、そんじょそこらの覚悟じゃできそうにないもの、自分が独りぼっちだとか何だとか、言っちゃあいられない……」

「よく言ってくれたね。さすがわたしが見込んだだけのことはある。大丈夫だよ、あんたはきっといい産婆になる」

「うれしいっ」

お里は一瞬顔を輝かせたものの、

「ああ、でも、さっきのことが。あんなに親身にあたしを庇ってくれたここの人たちが、それも子どもたちの身に迫ったことで不安にさせられてるのが、あたしのせいだなんて……とても耐えられない」

すぐに俯いてしまった。

お千代はこの時、

――このままでは、この娘は自分をまた責めて元の木阿弥にならないとも限らない。

吾七親分はしたたかでしぶとい――

ある決意を固めた。

――この娘のためにしてやれることはもう一つしかない――

数日後の深夜、お千代はお里が寝息を立てるのを待って起き出すと、つまみ梅は拵えずに仲間の産婆に、自分の代わりにお里を一人前の産婆にしてほしいと、文を書いた。何があってもお里には産婆になって、悲惨な生まれや吾七とのことを乗り越えてほしかった。

――身体の傷が消えても、吾七につけられた心の傷はずっと残る。それに足を引っ張られずに前を向いて生きていけるように――

次に吾七宛てに初めて文を書いた。吾七が手下を寄越すだけで、自らこの長屋に乗り込んでこないのには理由があった。吾七は評判のいい産婆のお千代の稼ぎに目をつけ、その強欲ぶりが、つまみ梅で人気の〝千代里〟にまで及んでいた。お千代は吾七に強請(ゆす)られていたのである。

その額は増すばかりだったので、お千代は吾七へ「これ以上金は払えない、その代わりお梅は返す。ついてはいつものところでいつもの刻限に会って話をしたい」と誘いを仕掛けた。

翌々早朝、お千代は用意してあった出刃包丁を手にして家を出た。その前にしばらくじっとお里の寝顔に見惚れた。岡っ引きの吾七を手に掛ければ、死罪もしくは罪一等を減じられたとしても八丈送りになる。どちらにせよ、もう二度と生きてお里には会えない。

見上げた空には雲間に青空がかいま見えてよく晴れそうな気配があった。

いつものところとはお千代が吾七に金を渡していたところであった。何代も続いてきた茶問屋や筆屋、数珠屋等が整然と立ち並ぶ通りで、とりわけ早朝は人通りがない。手前の辻にさしかかったところで立って待っている吾七の姿が見えた。時折よろけるのは朝から酔っているからだった。

梅屋敷で震えていたお里の肩、嵐の日、濡れそぼってさらに全身が震えていたお里、そんなお里もやっと笑みを見せるようになっている。お千代にはお里の笑みが長屋の人たちの朗らかで温かな笑顔に重なって見えた。

——お里はきっと梅吉長屋の皆に囲まれて幸せになれる。お里や皆の笑みだけはどんなことをしても消したくない——

お千代は吾七の悪態に怯えていたお里の青ざめきった顔を思い出して、大きく頭を横に振った。

——それには吾七を何とかしなければ——

お千代は出刃包丁を隠している片袖を握った。迷いは微塵もなくすたすたと近づいて行く。

吾七がこちらを振り向いた。にやりと笑ったが目は凄んでいる。だがお千代は臆さない。小柄なお千代が大男に二間（三・六メートル）と迫った。

その時であった。

突然ヒューウという風の音が響きわたってその大風が降ってきた。

命知らずの火消しさえも恐れる春北風（はるならい）であった。突風が起きて茶問屋の古びた看板が屋根から飛んで落ちたのだ。看板に潰された吾七はその下でぴくりとも動かなくなっていた。

この時、お千代にはなぜか、すでに終わってしまった梅の花が咲く様子が見えた。それも紅梅が白く変わってやがて源平梅が咲き出す様子が……。同じ梅の木から異なる色の花々が互いを労わるように開花する様が……。

「源平梅、つまみ梅、きっとどれも他人梅、でも綺麗……」

知らずとそう呟いていたお千代には、ヒューウ、ヒューウとさらに鳴り続ける春北風の音がことのほか優しく聞こえた。

【初出一覧】

「誰に似たのか」「週刊朝日」二〇二一年九月十七日号〜二〇二一年十月八日号
「小夜の月」「週刊朝日」二〇二一年十月十五日号〜二〇二一年十一月五日号
「逃げ水」「週刊朝日」二〇二一年十一月十二日号〜二〇二一年十二月三日号
「須磨屋の白樫」「週刊朝日」二〇二一年十二月十日号〜二〇二一年十二月三十一日号
「雪よふれ」「週刊朝日」二〇二二年一月七-十四日合併号〜二〇二二年二月四日号
「春北風」「週刊朝日」二〇二二年二月十一日号〜二〇二二年三月四日号

朝日文庫時代小説アンソロジー
朝日文庫
家族

2022年10月30日　第1刷発行

著　　者　中島要　坂井希久子　志川節子
　　　　　田牧大和　藤原緋沙子　和田はつ子

発 行 者　三宮博信
発 行 所　朝日新聞出版
〒104-8011　東京都中央区築地5-3-2
電話　03-5541-8832(編集)
　　　03-5540-7793(販売)
印刷製本　大日本印刷株式会社

Published in Japan by Asahi Shimbun Publications Inc.
定価はカバーに表示してあります

ISBN978-4-02-265065-8

落丁・乱丁の場合は弊社業務部(電話 03-5540-7800)へご連絡ください。

送料弊社負担にてお取り替えいたします。

朝日文庫

情に泣く
朝日文庫時代小説アンソロジー　人情・市井編
細谷正充・編／宇江佐真理／北原亞以子／杉本苑子／半村良／平岩弓枝／山本一力／山本周五郎・著

失踪した若君を探すため物乞いに堕ちた老藩士、家族に虐げられ娼家で金を毟られる旗本の四男坊など、名手による珠玉の物語。《解説・細谷正充》

悲恋
朝日文庫時代小説アンソロジー　思慕・恋情編
細谷正充・編／安西篤子／池波正太郎／北重人／澤田ふじ子／南條範夫／諸田玲子／山本周五郎・著

夫亡き後、舅と人目を忍ぶ生活を送る未亡人。父を斬首され、川に身投げした娘と牢屋奉行跡取りの運命の再会。名手による男女の業と悲劇を描く。

吉原饗宴
朝日文庫時代小説アンソロジー
菊池仁・編／有馬美季子／志川節子／中島要／南原幹雄／松井今朝子／山田風太郎・著

売られてきた娘を遊女にする裏稼業、身請け話に迷う花魁の矜持、死人が出る前に現れる墓番の爺など、遊郭の華やかさと闇を描いた傑作六編。

江戸旨いもの尽くし
朝日文庫時代小説アンソロジー
今井絵美子／宇江佐真理／梶よう子／北原亞以子／坂井希久子／平岩弓枝／村上元三／菊池仁編

鰯の三杯酢、里芋の田楽、のっぺい汁など素朴で旨いものが勢ぞろい！　江戸っ子の情けと絶品料理に癒される。時代小説の名手による珠玉の短編集。

いのち
朝日文庫時代小説アンソロジー
朝井まかて／安住洋子／川田弥一郎／澤田瞳子／山本一力／山本周五郎／和田はつ子・著／末國善己・編

江戸期の町医者たちと市井の人々を描く医療時代小説アンソロジー。医術とは何か。魂の癒やしとは？　時を超えて問いかける珠玉の七編。

なみだ
朝日文庫時代小説アンソロジー
細谷正充・編／青山文平／宇江佐真理／西條奈加／澤田瞳子／中島　要／野口　卓／山本一力・著

貧しい娘たちの幸せを願うご隠居「松葉緑」、親子三代で営む大繁盛の菓子屋「カスドース」など、ほろりと泣けて心が温まる傑作七編。

細谷正充・編／朝井まかて／折口真喜子／木内 昇／北原亞以子／西條奈加／志川節子・著

わかれ

朝日文庫時代小説アンソロジー

武士の身分を捨て、吉野桜を造った職人の悲話「染井の桜」、下手人に仕立てられた男と老猫の友情「十市と赤」など、傑作六編を収録。

宇江佐 真理／菊池 仁・編

酔いどれ鳶

江戸人情短編傑作選

夫婦の情愛、医師の矜持、幼い姉弟の絆……。江戸時代に生きた人々を、優しい視線で描いた珠玉の六編。初の短編ベストセレクション。

宇江佐 真理

深尾くれない

深尾角馬は姦通した新妻、後妻をも斬り捨てる。やがて一人娘の不始末を知り……。孤高の剣客の壮絶な生涯を描いた長編小説。《解説・清原康正》

宇江佐 真理

おはぐろとんぼ

江戸人情堀物語

別れた女房への未練、養い親への恩義、きょうだいの愛憎。江戸下町の堀を舞台に、家族愛を鮮やかに描いた短編集。《解説・遠藤展子、大矢博子》

宇江佐 真理

富子すきすき

武家の妻、辰巳芸者、盗人の娘、花魁——。懸命に前を向いて生きる江戸の女たちの矜持を描いた傑作短編集。《解説・梶よう子、細谷正充》

宇江佐 真理

お柳(りゅう)、一途(いちず)

アラミスと呼ばれた女

長崎出島で通訳として働く父から英語や仏語を習うお柳は、後の榎本武揚と出会う。男装の女性通詞の生涯を描いた感動長編。《解説・高橋敏夫》

朝日文庫

あさの あつこ
花宴（はなうたげ）
武家の子女として生きる紀江に訪れた悲劇——。過酷な人生に凛として立ち向かう女性の姿を描き夫婦の意味を問う傑作時代小説。《解説・縄田一男》

五十嵐 佳子
むすび橋
結実の産婆みならい帖
産婆を志す結実が、それぞれ事情を抱えながらも命がけで子を産む女たちとともに喜び、葛藤しながら成長していく。感動の書き下ろし時代小説。

五十嵐 佳子
星巡る
結実の産婆みならい帖
幕末の八丁堀。産婆の結実は仕事に手応えを感じる一方、幼馴染の医師・源太郎との恋に悩んでいた。そこへ薬種問屋の一人娘・紗江が現れ……。

梶 よう子
ことり屋おけい探鳥双紙
消えた夫の帰りを待ちながら小鳥屋を営むおけい。時折店で起こる厄介ごとをときほぐし、しなやかに生きるおけいの姿を描く。《解説・大矢博子》

木内 昇
化物蠟燭（ばけものろうそく）
当代一の影絵師・富右治に持ち込まれた奇妙な依頼（「化物蠟燭」）。長屋連中が怯える若夫婦の正体（「隣の小平次」）など傑作七編。《解説・東雅夫》

北原 亞以子
傷
慶次郎縁側日記
空き巣稼業の伊太八は、自らの信条に反する仕事をさせられた揚げ句、あらぬ罪まで着せられてお尋ね者になる。《解説・北上次郎、菊池仁》